U0454832

国家出版基金项目
NATIONAL PUBLICATION FOUNDATION

★ 科学的天街丛书

圭臬警世人

丛书主编/陈 梅 陈仁政

本书编著/宋贵清

——科学准则故事

四川科学技术出版社

图书在版编目（CIP）数据

圭臬警世人 : 科学准则故事 / 宋贵清编著. − − 成
都 : 四川科学技术出版社, 2019.1（2024.12重印）

（科学的天街 / 陈梅　陈仁政主编）

ISBN 978−7−5364−9186−1

Ⅰ. ①圭… Ⅱ. ①宋… Ⅲ. ①科学故事 − 作品集 − 中
国 − 当代 Ⅳ. ①I247.81

中国版本图书馆CIP数据核字（2019）第018916号

圭臬警世人——科学准则故事
GUINIE JING SHIREN——KEXUE ZHUNZE GUSHI

丛书主编　陈　梅　陈仁政

本书编著　宋贵清

出 品 人　程佳月

选题策划　肖　伊　陈敦和　郑　尧

责任编辑　王　娇

营销策划　程东宇　李　卫

封面设计　小月艺工坊

责任出版　欧晓春

出版发行　四川科学技术出版社

成品尺寸　160mm×240mm

印　　张　14.75　字数 200 千

印　　刷　天津旭丰源印刷有限公司

版　　次　2019年1月第1版

印　　次　2024年12月第4次印刷

定　　价　49.80元

ISBN 978−7−5364−9186−1

邮购：成都市锦江区三色路238号新华之星A座25层　邮政编码：610023

电话：028-86361770

科学的天街丛书
编 委 会

目　录

"对数遗憾"和"杆菌成功"

——"高原"与"正果"

"1533 年 10 月 3 日是世界末日！"16 世纪初，一个人这样预言。

听了他的宣传，他的追随者毁掉或消耗掉所有的财物，惶惶不安地等待着这一天的来临，但是"世界末日"并没有如期而至。由于传播这一蛊惑人心的言论和传播被视为异端邪说的新教，他被当局投入监狱。

斯蒂菲尔

这个趣事的主角——"他"，就是德国数学家迈克尔·斯蒂菲尔（1487—1567）。

斯蒂菲尔是德国埃斯林根地方的新教牧师，后来又在著名的哥尼斯堡大学里担任神学和数学的讲师。

作为数学讲师，斯蒂菲尔当然懂得一一对应的方法，于是在 1544 年写了一本名叫《整数的算术》的书。

斯蒂菲尔在书中欣喜地写道："关于整数的这些奇妙性质，可以写成整本整本的书……"那么，他发现了什么"新大陆"而惊喜万分呢？我们还是先来看看他在书中的两列数吧。

…	1/2	1	2	4	8	16	32	64	128	256	512	1 024	2 048	…
…	−1	0	1	2	3	4	5	6	7	8	9	10	11	…

容易看出，上面一列数是一个公比为 2 的等比数列——他称为

纳皮尔

"原数"。下面一列数是一个整数构成的等差数列——他称为与原数分别对应的"代言人"。

斯蒂菲尔发现，如果要计算 16×128 的话，就可以用下面的巧妙方法。

先找到 16 的代言人 4，再找到 128 的代言人 7，然后把 4 和 7 相加，就得到了 16×128 的新代言人 11，最后找到 11 对应的原数 2 048。这个 2 048，就是 16×128 的答案。

真是美妙极了，计算乘法变成了计算比乘法更简单的加法！

美妙的感觉还没有完——用它们还可以做除法哩！

举例来说吧，算 2 048÷128 的时候，只要用它们各自的代言人 11 和 7 相减，就得到新代言人 4，再由 4 找到对应的原数 16——就是答案。

我们可以看出，斯蒂菲尔实际上已经掌握了对数的运算法则：$\log_2（MN）=\log_2M+\log_2N$，$\log_2（M/N）=\log_2M-\log_2N$。

遗憾的是，在斯蒂菲尔的时代，还没有分数与指数的概念。那么，不是数列中的数——例如 17×127 和 2 049/257，这些题目又怎么办呢——它们没有代言人呀！

这一连串问题，把斯蒂菲尔弄得焦头烂额，只好说："这个问题太狭窄了，所以不值得研究。"他就把它搁到一边——遗憾地失去了发明对数的机会。

70 年之后的 1614 年，苏格兰贵族、数学家约翰·纳皮尔（1550—1617）发明了对数。大致同时发明对数的，还有瑞士数学家杰斯特·比尔吉（1552—1632）。

"在离天很近的地方，总有一双眼睛在守望。"可惜的是，斯蒂菲尔在离天那么近的地方，却没能望见那神奇的"天堂"，已经走到发明"天堂"边缘上的脚又缩了回去……把机会留给了比他更具慧眼的后来者。

斯蒂菲尔为什么会"丢掉"对数呢？表面看来，直接原因是他没能解决前面提到的乘除法的问题，并认为"问题太狭窄了"。实际上，是他没有翻越貌似不可逾越的"高原"的信心和决心，在"心理高原"面前戛然而止。这种现象，被心理学家称为"高原现象"。

可是，在斯蒂菲尔之后400多年的两位医学家就不同了。

2005年，诺贝尔生理学或医学奖（总奖金为130万美元）授予澳大利亚医学家约翰·罗宾·沃伦（1937—2024）和巴里·詹姆斯·马歇尔（1951—　），表彰他们发现胃炎、胃溃疡和十二指肠溃疡的"罪魁祸首"——幽门螺杆菌。

发现一种细菌（这种事情天天发生）就得到科学界的最高奖，许多科学家都"不服"——更何况早在100多年以前的1875年，一位德国医学家就发现胃中有这种细菌了，只不过当时并没有引起人们的重视而沉入科学的大海。既然如此，那诺贝尔奖评委会为什么要授奖给他们呢？

这得从此前人们对胃溃疡等病症的认识说起。

"正统"的医学观念认为，胃溃疡等的病因绝不可能是细菌——胃酸会将吞入的细菌迅速杀灭，而是工作紧张和生活压力太大等引出的心理疾病。

1979年4月，澳大利亚珀斯皇家医院的研究人员沃伦在一份胃黏膜活体标本中，意外地发现一条奇怪的蓝线。他用高倍显微镜观察，发现是无数细菌紧粘着胃上皮。接下来，沃伦又在其他活体标本中找到这种细菌。由于这种细菌总是出现在慢性胃炎标本中，他敏锐地意识到，它可能和慢性胃炎等疾

2005年10月3日，沃伦（左）与马歇尔得知自己获奖后举杯相庆

病密切相关。

沃伦这有悖"正统"的医学观念，除了他的妻子支持和帮助，只有同医院的消化科医生马歇尔和他"同舟共济"。不但如此，一些科学家还说他们"疯了"，另一些则把他们的研究列入"另类医学"或纳入"特异功能"类的伪科学范畴。胃溃疡病人，也不愿意用自己宝贵的生命做"临床试验"，来支持他们搞研究。当然，还有——论文也不能被发表。

可贵的是，在"平常中发现了不平常"之后，在这些似乎难以逾越的"高原"面前，沃伦和马歇尔的决心并没有动摇——选择了"坚持就是胜利"。就这样，一份含有幽门螺杆菌的培养液，被马歇尔和一位名叫莫里斯的医生自愿喝进肚子，进行人体试验……当然，他们当时也付出了健康的代价。

又经过10多年的无数次试验、研究以后，沃伦和马歇尔终于成功地翻过了"高原"——英国权威医学期刊《柳叶刀》报道了他们的成果，他们发现的这种细菌被定名为幽门螺杆菌，世界各大药厂陆续投巨资开发相关药物，专业刊物《螺杆菌》杂志应运而生，世界性螺杆菌大会定期召开，有关螺杆菌的研究论文不计其数……总之，全世界掀起了一股研究热潮，不但"颠覆了传统的知识和教条"，更"对最近半个世纪的医学产生了最重要的变革"，也为无数胃溃疡等溃疡病患者带来了巨大的福音——既不会因为"正统"医学的误治而反复发作，也不再因为这种误治而在晚期成为癌症患者。

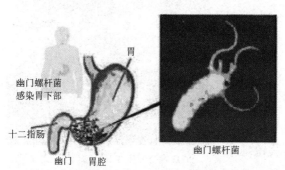

幽门螺杆菌
感染胃下部

胃

十二指肠

幽门　胃腔

幽门螺杆菌

幽门螺杆菌引起胃溃疡示意

而今，沃伦已经逝世，而马歇尔则是西澳大利亚大学的教授。

其实，在现实生活中，我们也经常看到高原现象。小张在下面的表现，就是一个实例。

小张是高三的学生——学习不很卖力却又有些小聪明。吊儿郎当的他，在高一和高二的时候，成绩能保持在全年级600多个同学的前50名。父母、亲友、老师和同学都说他潜力很大，高三的成绩会提高，可望进入国内的第一流名牌大学。他也自信地从高三开始抛弃以前的所有陋习，全身心地拼搏着。

高二过去之后，小张的成绩起色不大。全家为此急得如热锅上的蚂蚁，他也更加"卧薪尝胆"，靠补品来支撑着每天熬到深夜一两点，可是他的成绩却依然没有任何上涨的势头。他开始怀疑，以前所谓的"聪明"是不是别人在嘲讽？自己的潜力是否已经挖尽了？

"学习刻苦努力，成绩原地踏步。"不少学生都有过小张这种体验——这就是学习中的高原现象。这段时期被称作学习的"高原期"。此时，学生好像抉择失误的军事统帅们，有"屯兵于高山与坚城之下，欲进不得，欲退不能"的感觉——焦躁不安、忧心如焚，却又手足无措，不知"路在何方"。

如果不能及时跨越学习中的"高原"，就容易灰心丧气、注意力分散、身心疲惫，甚至自暴自弃、厌世轻生。

克服学习中的高原现象，可从学习动力、学习方法、心理因素等方面入手。

在学习动力方面，有的同学由于学习目的不很明确，对自己的要求有时就不高，于是"消极怠工"，得过且过；有的同学则因为目标过高，动机过强，总是无法企及而灰心丧气。

在学习方法方面，有的同学僵化于原来的学习方法和经验，习惯"开夜车"，打"疲劳战"，而不能随着学习任务和性质的变化而"开拓创新，与时俱进"。应该张弛有度，提高用脑效率，尽快找到适合自己的、经常是有别于他人的方法和经验。

在心理因素方面，有的同学没有树立必胜的信念，由于惧怕失败而整天想避免失败，于是始终笼罩在失败的阴影里而不能自拔。例如，联想到上次考试失败，一到考试就紧张，形成恶性循环；平时大脑思维也处于抑制状态，造成记忆障碍。只有抱着一颗"平常心"，彻底摒弃这种"求败心理"，坚定"求胜心理"，才有可能"修成正果"。1999届辽宁省高考文科"状元"孙嘉弥是这方面的一个实例。她说："离考试结束只有十几分钟了，一道数学难题我还没有想出来，但我并没有慌张。我只能安慰自己，已经答出那么多了，就算这道题做不出来，也能得130分以上。正是这种平和心态，我在离考试结束不到10分钟的时候，终于想出了这道题的解法，得了143分。"

"前途并不属于那些犹豫不决的人，而是属于那些一旦决定之后，就不屈不挠不达目的誓不罢休的人。"法国作家罗曼·罗兰（1866—1944）这样对我们说。

最后，把两句古诗送给还止步于"高原"的读者朋友们："男儿何不带吴钩，收取关山五十州。"让我们勇敢地唱着"我要飞得更高"，去"凌绝顶"而"一览众山小"吧……

高斯扼杀非欧几何
——19世纪的"跳蚤"和"大鱼"

一只跳蚤在杯子里蹦跳——一下子就跳了出来。

高斯

心理学家上场了，他们把一只跳蚤放进杯里。开始，跳蚤也能跳出来。然后，在杯口盖上透明盖子，跳蚤仍然会往上跳，但碰了几次盖子之后，慢慢就不跳那么高了。这时，再把盖子拿走，却发现那只跳蚤已经再也不能跳出杯子——它的目标高度已经达不到杯子的高度了。这，就是著名的"跳蚤效应"。

在"跳蚤实验"中，跳蚤的悲哀在于它只是消极被动地适应客观环境。

德国数学家高斯（1777—1855）就曾当过这样的"跳蚤"。

1829年，德国数学家约翰·波尔约（1802—1860）把自己所创立的非欧几何用德文写成论文《绝对空间的几何》，在1831年6月和1832年1月，两次寄给高斯，征求他的意见。

波尔约的父亲的朋友高斯并不支持。他为什么不支持波尔约呢？

原来，高斯怕有悖于常理的非欧几何，被已经根深蒂固信奉欧几里得几何的欧洲数学家们嘲笑。用他写给德国数学家贝塞耳（1784—1846）信中的话说，是怕"黄蜂就会围着耳朵飞"，并会"引起波哀提亚（古希腊一个以愚蠢著称的部落）人的叫嚣"。

你看，高斯被"杯口上的透明盖"——古希腊数学家欧几里得（约公元前330—前275）的几何盖住了。

那么，欧氏几何怎么会是高斯头上的"透明盖"呢？或者问，非欧几何怎么会有悖于常理呢？

在欧几里得的《几何原本》中，有一条"第五公设"：平面上一直线和两直线相交，当同旁内角之和小于二直角的时候，两直线在这一侧充分延长之后，一定会相交。

第五公设有两大特点引起了人们的注意。

首先，《几何原本》中的前4个公设语句简短、含义简单，而第五公设则显得语句冗长和内容烦琐，影响了公理的显而易见性。

其次，第五公设在欧氏几何体系里用得比较迟——直到证明第29个定理的时候才应用；而且只用过一次。由此可见，欧几里得对这一公设也多少持怀疑和不满的态度。

这样，就引起了一种自然的想法：这一公设或许是多余的，或者是可以证明的定理。如果是能够证明的定理，又怎样证明？于是研究第五公设的漫漫长征就开始了。

从事这个工作的学者有"一个军团之多"。到了18世纪，已经有一些数学家从否定第五公设出发，颇为深入地展开了讨论。当然，这也是人们"眼前无路想回头"之举——既然不能证明它，不妨尝试否定它。其中以意大利数学家萨开里（1667—1733）和生于瑞士后来移居德国的数学家兰伯特（1728—1777）最为著名。

萨开里在1733年发表的《欧几里得无懈可击》与兰伯特在1766年发表的《平行线论》中，都独出心裁地提出了一系列在逻辑上、系统上、理论上完全可以自成一体的新命题。循此，可以形成一种独立于欧氏几何的非

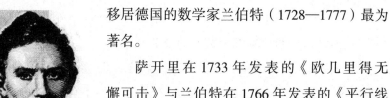

波尔约

欧几何体系。然而，这两位谨小慎微、囿于传统的数学家都"近在眼前不识君"——被"透明盖"盖住而错过了创立非欧几何的大好机会。

高斯在1816年发现平行公设根本不能证明之后，就已经基本上确立了非欧几何，但遗憾的是，他至死不敢公开他的发现，也不敢支持波尔约的发现——和"一个军团之多"的人一样，就被"透明盖"盖住了。

高斯自1796年解决了著名的正17边形作图及这类作图问题后，随着在数学方面成绩越来越大，名气也越来越大。高斯因此背上了名人、名气的包袱，也是他"扼杀自己"和不敢支持波尔约的重要原因。

其实，辩证唯物主义在肯定物质决定意识的前提下，又承认人的巨大能动作用——如果只看到"透明盖"的作用，那就无异于动物。人应该充分发挥自己的主观能动性，挖掘个人的潜能，搬开"透明盖"……

和跳蚤实验类似，还有一个"鱼缸实验"。

科学家用一块玻璃将大的鱼缸一分为二。首先在鱼缸的一边放进了一条大鱼，连续几天不喂食，使它饥饿难耐；然后，在另一半鱼缸里放进很多的小鱼。当大鱼看到小鱼之后，就直朝小鱼猛扑过去。它没想到中间隔有玻璃，就被玻璃重重顶了回去……当然，难耐的饥饿还会使它憋足力气再次冲向小鱼，但结果可想而知：冲刺越猛，撞得越惨——隔在中间的玻璃把大鱼撞得鼻青脸肿，疼痛难忍，只好放弃了眼前的美味佳肴。第二天，科学家将鱼缸中间的玻璃抽掉了，小鱼们十分悠闲地在大鱼面前游来游去。此时的大鱼，却再也不想吃小鱼了——眼睁睁地看着"弟弟妹妹"们在自己面前游来游去。

就这样，跳蚤和大鱼放弃了对成功的追求。人世间也有不少和高斯类似的"跳蚤"与"大鱼"——他们大多有着对理想的追求、对幸福的渴望和对成功的仰慕，但是在"透明盖"或"玻璃"——困难和挫折面前，他们"一朝被蛇咬，十年怕井绳"，再也没有冲刺的渴望和战胜挫折的勇气，从而与成功永远失之交臂……

科学中的"多胞胎"

——大自然钟爱"平方反比"

牛顿经过近20年的"怀胎",在1684年12月发表的论文《论运动》中,首次"生"下了万有引力定律 $F=Gm_1m_2/r^2$ 这第一个"孩子"。

1785年,法国物理学家库仑(1736—1806)"生"下第二个"孩子": $F=kQ_1Q_2/r^2$。它就是电学中第一个定量的定律——库仑定律。

看看这两个"孩子"吧,它们多像一对"双胞胎":万有引力和库仑力都遵从与距离的平方成反比的规律——"平方反比律"。

不过,"孩子"还不止这两个。磁学中的库仑定律 $F_m=kqm_1qm_2/r^2$,点电荷激发的电场强度 $E=kQ/r^2$,光学中点光源的照度定律 $E=I\cos A/r^2$……都遵从平方反比律。于是,它们形成了一群科学中的"多胞胎"。在这个"多胞胎"群中,还有声学中的声强、热学中均匀固体里的热传导、流体力学中水向四面八方喷射的规律等等。

这么多的规律都遵从平方反比律是偶然的吗?不是的。

平方反比律假定的基础是空间的均匀性和各向同性——我们将它们统称为"均同

纪念牛顿发现万有引力定律,1971年5月15日尼加拉瓜发行的邮票

性"。在以上提到的遵守平方反比律的事件中，物理过程始终是在同一种均匀的、具有各向同性的"真空"或媒质中进行的。例如，从点光源到研究点之间，有均匀的空气这种媒质，而一旦其间有凸透镜等其他媒质，这种规律就不复存在。

平方反比律成立的条件是，该过程必须是从某点向四面八方任何立体角同时一致进行的。例如，万有引力场就是向四面八方一致辐射的。

那为什么向具有均同性的空间，而且向四面八方一致同时进行的过程，就一定遵守平方反比律呢？这可从几何关系中得到证明。以下以点光源的照度为例，加以说明。

图中 O 是球心，阴影 S_1、S_2 是以 O 为球心的两个球面的一部分。我们知道，球的表面积与半径的平方成正比。当球的半径增大到 2 倍（即由 S_1 变为 S_2）的时候，表面积就增大到 4 倍；在任一立体角上阴影部分面积的情况也是如此。由于图中立体角上 S_1 的能量（这里是光能）被不变地传到 S_2 上的时候，被 4 个 S_1 平均分配，即平方倍地被减少，于是照度就服从平方反比律了。

由此可见，平方反比律是大自然的一条必然和普遍的规律。凡是在具有均同性的空间，而且向四面八方一致同时进行的过程，都遵守这个规律。

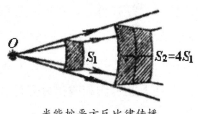

光能按平方反比律传播

那为什么是牛顿"生"下平方反比律这个"多胞胎"家族中的第一个孩子呢？

在 1601 和 1619 年，德国天文学家、数学家开普勒（1571—1630）先后发现了行星运动三大定律，解决了行星绕日运动的规律。为什么行星会绕着太阳转呢？或者问，是什么力拉着行星，不让它到处乱跑的呢？

关于这个问题，开普勒在探索行星运动规律期间，就猜想使行星做有规律运动的力来自太阳。他受英国物理学家吉尔伯特（1540—1603）"磁力流"的影响，认为这个力就是太阳发出的"磁力流"，其强度随距离的增大而减弱。最早提出平方反比猜想的法国天文学家布里阿德（1605—1694）在1645年就指出，从太阳发出的力应和与太阳之间距离的平方成反比。不过，他仅指出这是太阳对行星的力，而不包括行星对太阳的力。后来，经过1666年意大利物理学家波雷里（1608—1678）、1673年荷兰物理学家惠更斯（1629—1695）、1674年英国物理学家胡克（1635—1703）、1679年英国天文学家哈雷（1656—1742）和数学家雷恩（1632—1723）等人的研究，从不同角度指明了重力或天体引力同距离的平方成反比。当然，他们的工作并不完善。例如，哈雷虽在圆形轨道上能证明行星受到的引力与它们到太阳的距离的平方成反比，但却不能证明在椭圆轨道上也是如此。

最早正确证明引力与距离平方成反比的，是上述在1674年就提出关于引力问题三条假设的胡克。他在1680年1月6日给牛顿的一封信中，就正确地证明这一规律，这一规律为牛顿最终确立万有引力定律奠定了基础，以致引出了胡克和牛顿的关于万有引力定律发现权之争。"万有引力"一词的首创者胡克证明的这一规律，可用 $F=\mu m/r^2$ 表示。这里，μ 为太阳的高斯常量，m 为行星质量，r 和 F 分别为太阳与行星之间的距离和引力。

在上述工作和微积分完善、地球参数准确测量等基础之上，牛顿终于"生"下了平方反比律的"第一胎"：万有引力定律。

平方反比律有着极其广泛的用途。

首先，许多规律都是用平方反比律进行猜测后用实验证实的。瑞士物理学、数学家丹尼尔·伯努利（1700—1782）在1760年就猜测，电力也可能和万有引力一样，服从平方反比律。1766年，英国化学家普利斯特利（1733—1804）也做过类似猜测。这种猜测，被英国物理学家约翰·罗宾森（1739—1805）和他的同胞卡文迪许（1731—1810）分别在1769和1773年证实，并最终由库仑在1785

年确立为库仑定律。

值得深思的是，卡文迪许对静电力的研究早于库仑约 11 年，得到的实验数据也比库仑更接近 2 次方——前者斥力和引力分别为 2.02 和 1.98 次方，库仑则分别为 2.04 和 1.96 次方，但他却没能确立平方反比的静电

防磁手表的外壳，用最容易磁化的钢铁做成

力规律。这是为什么呢？这是由于他没有像库仑那样，意识到"平方反比"是一个普遍规律，没有将静电力与万有引力进行类比的缘故。库仑使用了这一类比，果断地把 1.96 和 2.04 这精度有限的值归统于理论值 2，最终确立了库仑定律。从这个实例中，不但可以看到平方反比律对科研工作的指导意义，还可看到类比法的重要性——如果单靠实验的具体数据的积累，库仑定律的建立不知要等到何年。

其次，当人们要求某些过程不服从平方反比律的时候，只要设法破坏它的基础和条件——均同性，就行了。用钢铁制成手表外壳，就能使磁场在这里的空间不再具有均同性，而是将磁感线集束在壳内，成了防磁手表。著名的"法拉第电笼"，也破坏了电场空间的均同性，由此可制成均压服和屏蔽室。用凸透镜或凹面镜聚光或散光制成各类光学仪器和照明设备，也是破坏了光传播空间的均同性或强制光不再向四面八方传播；而喇叭形的扬声器、乐器、喊话筒，则是改变声音传播空间的均同性，强制声音不向四面八方传播。

德国物理学家爱因斯坦的思路却不同——大质量的物体会使空间本身变形，因而空间的均同性已不复存在。例如，他认为太阳质量使周围空间变形及太阳引力对光线的作用，会产生"万有引力透镜"效应，根本就不存在具有均同性的欧几里得空间。这样，既然牛顿力学赖以存在的欧几里得空间已不复存在，那相对论力学就必然降生……

"有条"才能"不紊"
——"拥堵效应"前的智举

"丁零零……"下课铃一响，大家一定想立即冲出教室，先上厕所，再到草坪上去打一会儿球，或者……

电影结束后，多数人都想最先跑到出口，急着要回家……

…………

在这些"急"的时候，可千万不能"挤"——否则就会"欲速则不达"，甚至酿成灾难。

可不是么，这种灾难在历史上多如牛毛：

2005 年的 10 月 3 日，韩国庆尚北道尚州市一个运动场发生观众踩踏事故，死亡 11 人。7 月 29 日，由于谣传暴风雨可能使附近一个大坝决堤，印度西部马哈拉施特拉邦首府孟买郊区的居民四下奔逃，结果在踩踏事故中有 16 人死亡。1 月 25 日这个邦的一个大型宗教集会场所发生踩踏事件，则有 300 多人死亡。

除了上述惨剧，以下列出了近几十来年国外发生死亡 100 人以上的重大踩踏惨剧的一部分"流水账"。

1990 年 7 月，某地朝觐者因拥挤踩踏，导致 1 426 人窒息或被踩踏身亡。

1994 年 5 月，某地 270 名朝圣者因拥堵踩踏致死。

1997 年 4 月 15 日，某地一处帐篷营地的煤气炉着火引发恐慌酿踩踏惨剧，造成 343 人死亡，1 500 人受伤。

1998 年 4 月，某地朝圣者发生踩踏，119 名朝圣者死亡。

2004 年 2 月 1 日，朝觐者在某地参加活动时发生拥挤踩踏，至少 251 人死亡。

2005 年 1 月，印度某地一个庙宇发生踩踏，至少 265 名某地朝圣者死亡。

2006 年 1 月 12 日中午，某地发生朝觐者踩踏，至少 362 人死亡。

2008 年 8 月 3 日，印度北部某地的一座庙宇在举行活动时发生踩踏事故，至少 145 人罹难。

2010 年 11 月 22 日，是柬埔寨为期 3 天的送水节的最后一天，当晚 22 时发生了该国 31 年来最严重的踩踏事件，至少有 375 人死亡。

2011 年 1 月 14 日晚，印度某地在庆祝节日时发生重大踩踏事件，至少 100 人死亡。

2011 年 1 月 15 日，印度北部某地的一座庙宇在举行活动时发生踩踏事故，至少 150 人死亡。

…………

虽然近年在中国的"拥堵踩踏死亡 100 人或以上的惨剧"并不多，但伤亡不小的悲剧也时有发生，以下是其中死亡 30 人以上的事件：

2004 年 5 月，北京市密云县密虹公园举办密云县第二届迎春灯展，因拥挤造成 37 人死亡，15 人受伤。

2008 年 9 月 20 日 23 时，中国深圳市龙岗区"舞王"俱乐部进行歌舞表演时舞台上燃放烟火酿成火灾后，逃生人员争先恐后造成过道上十分拥挤，最终致 43 人死亡，88 人受伤。

2014 年 12 月 31 日，上海外滩发生群众拥挤踩踏事故，36 人遇难，49 人受伤。

为什么这类踩踏悲剧事件屡屡重现呢？又有什么办法防止呢？

我们还是从物理学家们研究在高速公路堵车之后，如何以最快的速度疏散这些车流做的一个模拟物理实验说起吧。

物理学家们用一个带有狭窄出口的透明圆柱体管道，作为研究的模型。这个管道的直径、出口的尺寸、沙粒大小和它在出口之前的流量，都可以变化。他们从实验和理论来确定上述变量和沙粒离开出口后的流量有什么关系——因为这个流量可以模拟高速公路上通过堵塞口之后汽车的流量。

实验表明，当出口前的沙粒流是稀疏流（图1），而不是密集流（图2）的时候，经过出口之后的流量更大。这说明"不挤通畅"和"越挤越不通畅"——我们称它为"拥堵效应"。

那么，怎样从理论上来解释拥堵效应呢？

当某个沙粒在重力作用下朝下拥向出口的时候，还会受到"伙伴们"对它的"横向力"，以及前进方向不同方向的"推搡力"。显然图2中的沙粒比图1中的沙粒受到"伙伴们"的推搡更多，所以就"放慢了脚步"——直到经过出口之后也是如此。当然，从我们的这个"定性理论分析"中，还可以看到——拥堵效应在管道内也是适用的。

为了进一步证明确实有这个"横向力"，我们再来做一个对比实验。

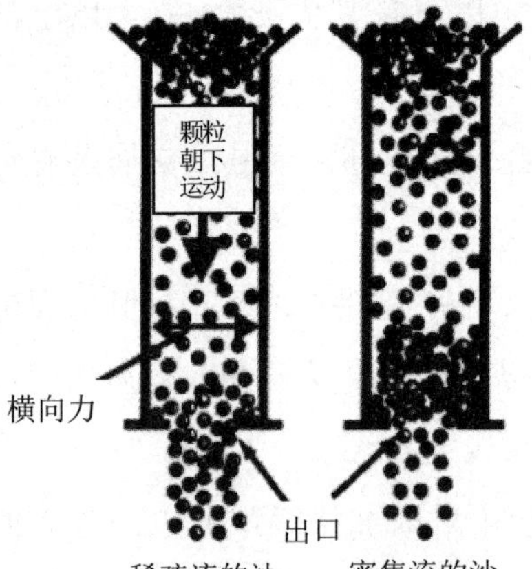

颗粒朝下运动

横向力

出口

稀疏流的沙粒经过出口后流量更大

图1

密集流的沙粒经过出口后流量更小

图2

用同一个杯子装一杯水，然后装一杯米——圆杯子方杯子都行，并在两次实验的时候都在杯子的底部放上重量传感器。

装水的时候，我们会通过重量传感器看到：杯子底部承受的重量，始终和水柱的高度成正比。

装米粒的时候就不同了：起初米粒不多，杯子底部承受的重量和米柱的高度成正比；当米柱高度超过底部直径的两倍之后，不管米柱继续升到多高，杯子底部受到的重量却不再增加了！早在 1884 年，英国科学家罗布茨就遇到这个"高塔粮仓"的"粮仓问题"了。

米粒的重量没有"传"到底部——它到哪里去了呢？

这些重量压到粮仓内壁上去了。不错，一个叫杰森的科学家在 100 多年前发现了这个"秘密"：由于颗粒和容器内壁之间存在静摩擦，容器内壁支撑了一部分重量——这就是所谓的"粮仓效应"。

正是这种静摩擦，使得沙漏中的沙可以用几乎不变的速度通过中间的圆孔。查看沙的高度可以准确地知道从某一时刻起消逝的时间，这使沙漏成为古代较早的计时器。

你看，物理学家们的一个沙粒的物理实验，就能用来解决堵车问题——这就是物理模型方法。

其实，拥堵效应不只是在重力作用下的沙粒在管道内和离开出口之后存在，在其他许多场合都存在。

研究拥堵问题的专家迪克·黑尔宾发现，人体之间接触的增加，在人群中引发的是无序运动；在出现恐慌的时候，这种无序运动更为强烈。他的发现，不但证实了拥堵效应，而且为克服拥堵指明了方向——减少甚至避免身体接触。

难怪在美国 2001 年的"9·11"事件中，逃生的人们会在楼梯上自觉地排着队——只有这样，才能以最快的速度逃离正在起火的世界贸易中心。

拥堵效应可以用来研究自然界的山崩、雪崩、泥石流等灾难现象，还能用来研究经济规律中出现的像雪崩一样的社会现象。

拥堵效应告诉我们，当城市交通中车辆拥堵、公共汽车上车拥挤、大型公共集会结束后人流大、楼房内出现火灾等等的时候，不能"争先恐后"，一定要依次序行走。如果不这样，轻则"误工费时"，重则酿成悲剧。当然，公共场所的管理方也可采取诸如在公园入口设置隔离栏杆的办法，减少甚至避免人群相互接触造成拥堵踩踏。

　　同样的道理，报考大学、挑选专业、应聘工作、找寻致富门道等等，不一定非去挤"热门"——因为"热门"很可能"越挤越不通畅"。相反，倒可以考虑"冷门"——"冷门"有可能"不挤通畅"。虽然这类问题比单纯的沙粒问题牵涉的因素复杂得多，但这样的思路却应该"从来不需要想起，永远也不要忘记"。

　　有趣的是，忙碌而庞大的蚂蚁群却不会发生"交通堵塞"。对此，在2004年，图卢兹、布鲁塞尔和德累斯顿这三个地方的科学家，联合进行了研究。结果表明，当某段道路"交通堵塞"的时候，蚂蚁就会自动分道行进——这和人类的"争先恐后"正好相反！

　　也许，我们"万物之灵"应该拜"头脑简单"的蚂蚁们为老师——不仅仅是学习"越挤越不通畅"的道理……

船长被冤枉了吗

——"伯努利"无处不在

小时候，你可能玩过图 1 那样的游戏。把一根塑料管或麦秆的一端剪成几个"枝杈"分开成倒伞形，再放上一粒豌豆或泡沫塑料小球。当你猛力向上吹气的时候，小球就"悬浮"起来了，即使离开了"枝杈"，也不会掉在地上。

如果你的"气力"很大，也可以不要"枝杈"——像图 2 那样。小球也不会掉。

你也可以"反其道而行之"——像图 3 那样向下吹气。这时，你会看到乒乓球好像被一个神秘的力向上推——不往下掉。

如果你没有上面这些东西，也可以照图 4 那样，用小棍挑着或者直接用手拿着两张纸吹气。这时，你将看到这两张纸会合拢，而不是分开。

为什么会出现这些"奇怪"的现象呢？我们还是从 100 多年前的一次"轰动事件"说起吧。

1912 年 4 月 15 日，20 世纪人间"十大灾难"之一的海难发生了——载着 1 316

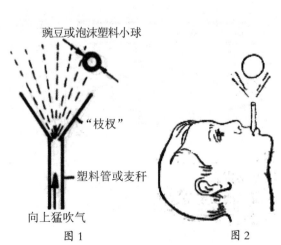

豌豆或泡沫塑料小球

"枝杈"

塑料管或麦秆

向上猛吹气

图 1

图 2

个乘客和891名船员的豪华巨轮"泰坦尼克"与冰山相撞后沉没。

你知道吗？作为"泰坦尼克"号的"大姐""奥林匹克"号——它和

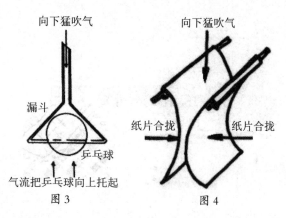

图3

图4

"泰坦尼克"号、"布列塔尼"号，是英国白星航运公司建造的"白星三姊妹"，也险些葬身大海。

1912年秋，"漂浮的城市"——"奥林匹克"号邮轮正以25千米/时的速度在大海上航行，而比它小得多的英国铁甲巡洋舰"哈克"号以34千米/时的速度从后面赶来。当"哈克"号刚刚追上"奥林匹克"号邮轮，船头与邮轮船尾相距约100米并列航行（图5）之后，灾难发生了——"哈克"号好像突然被一只看不见的巨手推动，不再顺从舵手的操纵，自动扭转船头几乎笔直地向邮轮冲去。随着"咔嚓"一声巨响，"哈克"号的船头把"奥林匹克"号的右舷撞出了一个大洞。

图5

事后，海事法庭对这一事件进行了审理。令人奇怪的是，受害的"奥林匹克"号，而不是肇事的"哈克"号的船长，被判作有过失的一方。理由是，他没有下令给冲过来的"哈克"号让道。

这个案件就这样"糊里糊涂"地结束了。"奥林匹克"号的船长感到十分冤屈，面对这奇怪现象，又没有充足的理由提出申诉，只好"打落牙齿和血吞"。

无独有偶，类似"奥林匹克"号遭遇的海上事故还发生过多起。

1942年10月，美国的"玛丽皇后"号运兵船，载着15 000名美国士兵从美国出发开往英国——由"寇拉沙阿"号巡洋舰和6艘驱逐舰护航。不幸的是，在航行途中，与运兵船并列前进的"寇拉沙阿"号突然向左急转弯，与"玛丽皇后"号船头相撞，被劈成两半。

20世纪初，一支法国舰队在地中海举行演习，也发生了这样的悲剧。当时，"勃林奴斯"号装甲旗舰打出旗语，要求一艘驱逐舰驶近接受口头命令。看到旗语，驱逐舰急速驶来，然而，就在接近装甲旗舰右侧不远的地方的时候，却突然向装甲旗舰方向急转弯并猛撞在船头上，被劈成两段而葬身大海！

"玛丽皇后"号

面对一幕幕悲剧，我们不得不为船上一条条鲜活的生命而惋惜，也不得不对船长及有关责任人的疏忽表示愤慨。

类似的悲剧在陆地也上演过。

19世纪的沙皇俄国，一位将军要到西伯利亚视察。有个小镇的驻军司令想借机巴结他，就命令士兵们持枪站在铁轨两旁列队欢迎。将军迟迟没来，久等的士兵们既累又饿，都快站不住了。忽然，远处传来了汽笛声，不一会儿就看到火车头冒的烟。司令官高喊立正，士兵们只好强打精神立正。当火车尖叫着风驰电掣驶过士兵的队列之间的时候，士兵一个接一个翻倒在列车下……

谁是这起惨案的凶手呢？官司打到最高法院，法官们一筹莫展。官司打到了彼得堡科学院……

我们可以从流体动力学中找到答案。

1738年，瑞士物理学家兼数学家和医学家丹尼尔·伯努利（1700—1782）出版了共有13章的《流体动力学》一书。书中公布了他在 1726 年发现的"伯努利原理"即"伯努利定理"：流体在稳定流动，途经狭窄处的时候，流速增大，压强减小；宽阔处，流速减小，压强增大。在书中，他还用定量的"伯努利方程"，描述了这个原理。

丹尼尔·伯努利

现在，我们就用伯努利原理来分析"奥林匹克"号事故。

当"哈克"号和"奥林匹克"号相隔很远的时候，水在宽阔的海面上以相同速度流动，船两侧的水的压强是相同的——此时"各行其道"。

当"哈克"号和"奥林匹克"号相隔较近的时候（图5），水在两船之间的狭窄通道流动。按照伯努利原理，两船的内侧的水流速度显然会增大，压强就会减小。但是，此时两船的外侧的水流速度没有改变，所以小于内侧的水流速度。这样，两船的内侧受到的压强就比外侧小。这个内侧和外侧的压强差，就会使两船渐渐靠近。而且，愈是靠近，两船之间的狭窄通道变得更窄，水流速度增大得也就越多，内外压强差也就越大——最后使两船猛烈相撞。

这样，两船相撞的奥秘终于大白天下，船长的冤屈终得以昭雪，国际航行界也规定禁止船只近距离平行航行。

那么，为什么是"哈克"号撞向"奥林匹克"号，而不是相反呢？显然，这是由于"哈克"号比"奥林匹克"号小而移动得比较明显的缘故。

类似，可以解释"玛丽皇后"号和"寇拉沙阿"号悲剧。

图6

当然，如果两船的大小相当的话，就不是一只船撞向一只船，而是像图6那样相互靠近而"热烈拥抱"了。

上面的解释也能用于空气这种流体，所以前面19世纪的沙皇俄国士兵们的悲剧就能被解释了。当然，火车质量大，而且被铁轨限制，所以士兵们就翻倒在了列车之下。案件的结果是，彼得堡科学院的科学家们指出，把士兵们推到火车轮下的，是高速气流。但是，制造这起惨案的，却是那个既愚昧无知，又逢迎拍马的驻军司令。

伯努利原理有着广泛的用途。

飞机能飞上蓝天，靠的是飞行着的飞机机翼产生的"升力"。那么，这个升力是怎样产生的呢？

在图7里，中间有阴影的部分，是飞机机翼的剖面。我们很容易看出，由于机翼上部的气流经过的路程比下部长，而气流从左边到达右边用的时间是相等的，所以上部气流的流速更大。

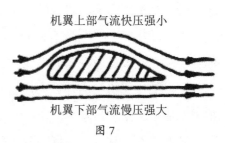

机翼上部气流快压强小

机翼下部气流慢压强大

图 7

这就使机翼上部比下部所受压强小——升力就这样产生了。而且，显然只有飞机的速度足够大的时候，这个升力才会大于飞机的重量实现飞机"腾空而起"。为了使升力更大，有的飞机还采用了两层或三层机翼。

同样的道理，航空母舰上的飞机为了在较短的跑道上起飞，通常是要调整航空母舰的航向，使飞机迎风起飞。因为这样，就可以获得速度相对较大的气流，使机翼的上下两面能产生更大的压力差，缩短起飞的距离。现代航空母舰上加装了起飞"弹射器"，作用也是这样。

现在，我们既然掌握了飞机"腾空而起"的"机密"，那就动手做一个"飞机"吧！我们要做的是土飞机——像图8那样的"竹（或木）蜻蜓"。不过，请别忘了做成类似飞机机翼那样的"流线型"哦！玩法嘛——猛力搓动下部的细杆后立即放手就成。

当然，这里还有另外一种"纸筒土飞机"——像图9那样。它中部的圆柱形纸筒长约15厘米，直径约5厘米，两端有较大的圆盘形

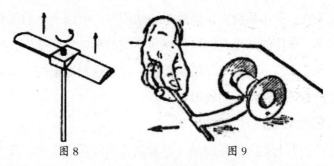

图 8　　　　　　　　　　　　图 9

纸板。当我们在纸筒上绕了长约 50 厘米的纸带之后，就可以玩了。玩法是，先把露出来的那一端纸带缠在一根小棒上，然后猛力迅速向左水平拉动小棒，"纸筒土飞机"就会在桌子上向左滚动之后，迅速向上飞起——弧线像香蕉的弧线。

　　"纸筒土飞机"为什么会产生升力呢？这，要请你"活学活用"伯努利原理，来"活解释"了。

　　说起香蕉，你一定会联想起足球场上的"香蕉球"。其实，"纸筒土飞机"的飞行，和"香蕉球"之所以会"香蕉一把"，原理是一样的。

　　运动员在踢"香蕉球"的时候，不是踢足球的中心，而是稍稍偏向一侧，用脚背摩擦足球，使球在空气中前进的同时还不断旋转。这时，一方面空气迎着球向后流动；另一方面，由于空气与球之间的摩擦，球周围的空气又会被带着一起旋转。这样，球一侧空气的流动速度加快，而另一侧空气的流动速度减慢。由于足球两侧空气的流动速度不一样，所以它们对足球所产生的压强也不一样。于是，足球在有压力差的空气的作用下，被迫向空气流速大的一侧"香蕉一把"了。

　　现在，你能"活解释""纸筒土飞机"能升起的原因了吧！

　　认识了伯努利原理，我们就要用它来指导我们的现实生活。

　　在科研中，经常遇到测量流体的流速问题，如洪水的流速。那么，测量流速的流速计又是怎样工作的呢？

　　图 10 就是液体（多管）流速计工作原理的示意图。T' 是在水平方向的管道（称为外管）内的同轴细管，在 A 处有一个能让液体进

来的开口。另一根细管 T 也和外管相通。开口 M（和 A 处在同一高度）和外管（当然也和 T）相通，也能让液体进来。测量的时候，就把它放在待测流速的液体中，让外管的轴线与液体流动的方向一致，而且迎着流体让它从 A 处和 M 处进入。测量之前，流速计不必灌入液体。

现在，我们来看它的工作情况。当液体流速为零的时候，根据连通器原理，T 的液面高度 h 和 T' 的液面高度 h' 是相同的。

当液体流速不为零的时候，液体直接从开口 A 进入 T'。当 T' 内的液体高度达到一定的 h' 之后，液体就不能再从 A 进入 T' 了，而只能绕着外管的外侧才能到达开口 M 进入外管和 T。这样，显然拐弯后的液体要走更长的距离才能到达 M——这和前面飞机机翼上部的情况相似而导致压强减小。于是 T 内液体的 h 就比 T' 内液体的 h' 低，而造成高度差（$h' - h$）；而且，显然（$h' - h$）随着液体流速的增大而增加。这样，就可以根据（$h' - h$）的数值测得流量了。

图 11 是气压计，它的工作原理和液体流速计相同，只不过它测量的是气压。

在生产和生活中，伯努利原理也有广泛的用途。

图 12 是一种喷雾器，常用来杀灭蚊虫等。类似的手摇喷雾器，也用于农业上防治病虫害。它们都是用基于伯努利原理的"空吸作用"制成的，读者可自行分析。类似的装置（图 13）也被熨烫衣物

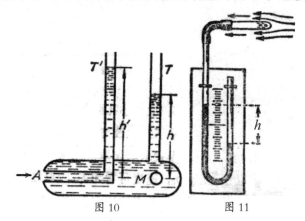

图 10　　　　　　　图 11

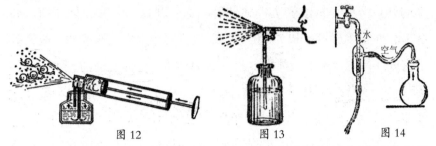

图 12 　　　　　　图 13 　　　　　　图 14

的工人用来给衣物均匀喷水。图 14 所示的水流抽气机也用到了空吸作用。

据计算，火车速度为 505 千米／时的时候，站在车旁约 1 米的人就会受到约 80 牛的吸引力。所以，在火车站台内等候火车或者火车开动的时候，不要越过离站台边沿约 1 米的"安全白线"。在躲让疾驰火车或汽车的时候，更要离得远一些。

在刮大风的时候，大的窗玻璃会被大风从里向外而不是从外向里"压"得粉碎，所以此时不要站在大的玻璃窗下。

我们在水上"荡起双桨"的时候，特别注意要远离高速船只。

…………

好，我们还是再来玩几个游戏吧。

如果你有鼓风机，那就让它喷出的气流像图 15 那样让小球始终悬在空中吧——和在公园里看到的大象或海豚吹球一样，而不必像图 1 或图 2 那样猛力向上吹气了。

当然，如果你喜欢吹气，那就仿照图 4，而按图 16 那样再吹吧。

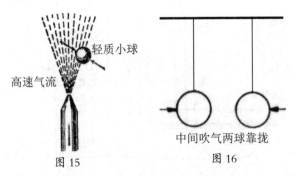

轻质小球

高速气流

中间吹气两球靠拢

图 15 　　　　　　图 16

如果还没吹够，就按图 17 和图 18 那样继续吹吧。不过，此时得告诉你，这两个图都是图 3 那个游戏的"孪生姐妹"；而图 17 中图钉的作用是不让纸板往两边跑。

中国唐朝著名诗人杜甫的《茅屋为秋风所破歌》中，有这样的句子："八月秋高风怒号，卷我屋上三重茅。"那就请你用伯努利原理来解释——"秋风"为什么要把"三重茅"往天上"卷"吧！

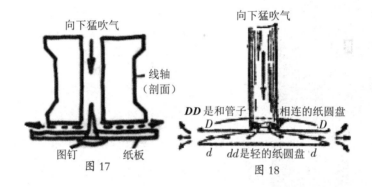

图 17　　　　　　　　　图 18

罗约为何遭遇"飞祸"

——防不胜防的"狭管效应"

纽约洛克菲勒中心
一带楼群的"窄巷"

1982年1月冬日的一天，大厦林立的纽约市曼哈顿区，车水马龙，人流如织。

刚刚下班走出高层大厦的罗约·斯派尔乌吉尔小姐，向一辆小汽车走去。突然，身后冲来一股猛烈的风暴，把她卷进附近的水泥花坛中——碰得头破血流，双臂折断，几乎不省人事。

"这是咋回事呢！"——现在不是风暴肆虐的夏天，何况周围还有高楼大厦当"挡风墙"。罗约直呼倒霉。

不过，知识渊博的罗约立刻敏锐地意识到：这不怪天气，而是"穿街风"导演的"恶作剧"。

于是，经抢救免于一死的罗约到法院起诉，控告设计这座大厦的建筑设计师和纽约市政当局。结果，罗约获得了巨额的损失赔偿费。

如果在10年以前，罗约的控告会被驳回。那么，现在她怎么能打赢这场官司，得到巨额赔偿呢？这是因为，在建筑学家和气动工程学家、物理学家的协助下，法官们弄清了这类风暴的起因。

科学家们发现，由于高层建筑的兴起，它们之间的"窄巷"的风，多半不是天气引起的，而应由建筑设计师负责。这是由于高层建筑如果设计不当，就会挡住高处的气流，迫使其折向地面，在街道上形成小型风暴——穿街风。

人类进入 20 世纪以来，竞相以建造摩天大楼为时髦。例如，于 1931 年在纽约落成的 102 层帝国大厦，高 381 米；1976 年在纽约建成的 110 层世界贸易中心（已毁于 2001 年的"9·11"事件），高 412 米；1974 年在芝加哥市崛起的西尔斯大厦地面以上是 110 层，高度达 443 米。这些鳞次栉比的超级摩天大楼引起的穿街风，已经给大城市带来了不少的麻烦。更不用说最近一二十年，让上述"小弟弟"难以望其项背的当今世界数一数二的高楼——阿联酋迪拜市的哈利法塔（高 828 米），以及于 2019 年建成的沙特阿拉伯吉达市的王国大厦（高度已突破 1000 米）了。

科学家的研究结果表明，穿街风是由空气动力效应造成的。我们知道，太阳照射引起大气温差，使空气运动就成了风。气流运动愈强，风力则愈大。建筑物等地面障碍使风速减弱，风向改变，但往往在近地面处产生紊乱交错的"湍流"。在林立的高密度摩天大楼间，这种湍流又会"扶摇直上"到五六百米之高，然后向下运动进入"窄巷"，再降到建筑物底部，沿着建筑物的"空隙"——马路和巷道冲袭。这就是"狭管效应"。

狭管效应可以用伯努利原理来解释。

在拐弯处，这种因为狭管效应引起的风暴，会迅速旋转而变得更加强劲——宛若小龙卷风肆虐横行。如果遇到凹角，就会变成风速虽小但压力极大的地面风暴。这就是穿街风。

狭管效应不但在"城市森林"中形成风暴而危害生命财产，而且在有条件的野外也会"泛滥成灾"。

打开中国地图，你会看到东起乌鞘岭，西到古玉门关，被"北山"（马鬃山、合黎山、龙首山）"南山"（祁连

纽约繁华区摩天大楼之间的"窄巷"

山、阿尔金山）所夹的一片狭长平地。这片西北－东南走向的平地，长约900千米、宽近百到千米不等。由于它位于黄河之西的甘肃境内，所以被称为河西走廊或甘肃走廊。虽然这里是甘肃的一个重要农业区，和周围地区相比也不算多么贫瘠，但是风大沙多，成了中国沙尘暴的主要"发源地"和一个重灾区，也成为这段"丝绸之路"永远的"痛"。

领教过沙尘暴的厉害吗？那就看一看发生在火车上的一幕吧！2006年4月9日夜，从乌鲁木齐开往北京的特快列车到达新疆东部的时候，车上的乘客突然呼天喊地，乱作一团。原来，12级风力的沙尘暴像密集的子弹，霎时把列车同一侧的钢化玻璃窗全部击碎……

再看一看从2006年4月16日开始的沙尘暴吧！它的浮尘掩盖了中国北方161万平方千米，影响了2亿人；其中的30多万吨沙尘让北京"满城尽带黄金甲"，造成五级严重空气污染……

那么，河西走廊为什么是中国沙尘暴的主要"发源地"和重灾区之一呢？这有它的外因和内因。西伯利亚的寒潮经新疆进入河西走廊，形成"动力外因"；走廊的"巷道"地形，成了"地形外因"。内因则是当地的沙土松散，容易随风飘舞。

我们前面提到的湍流（又叫"紊流"），是怎么回事呢？

在静室里面点燃一炷香，你就能看到升起的一缕轻烟起初是笔直的，升到一定高处，就变成了不规则的形态。这就是一种湍流现象。

沙尘暴袭击北京

星星"眨眼睛"，就是大气的湍流引起的，由此还可判断眨眼睛的星星通常是恒星——通常行星不眨眼睛。1959年，科学家J.欣策说，湍流是流体的不规则运动，各种量都随时间和空间坐标发生紊乱的变化。

空气中的湍流是由大气快速而不规

两种湍流

则的流动引起的。例如，飞机在飞行中，如果遇上湍流，就会急剧颠簸。虽然通常的湍流不会使飞机大幅偏离预定飞行路线，但强湍流就有可能使飞机飞行高度和姿态出现突变，严重的时候还会短暂失控，此时如果处理不当就会机毁人亡。

湍流现象普遍存在于行星和地球大气、海洋、江河，血液流动，火箭尾流，锅炉燃烧室等自然现象和人工作业中。一方面，它会使流体中的质量、动量和能量的输运速度大大加快，从而引起各种机械的阻力骤增，效率下降，能耗加大，噪音增强，结构震颤加剧乃至破坏——例如，输油管阻塞和上面提到的飞机坠落。另一方面，它又可能加速喷气发动机内油料的混合和充分燃烧，提高燃烧效率和热交换效率，加快化学反应的速度和混合过程。揭开湍流的所有奥秘，不但对生活、生产、科研的进步有重要意义，也是物理学领域中尚未取得重大突破的基础研究课题之一——例如对发展整个混沌理论的作用；因此，各方面长期以来一直重视研究湍流。

1883年，英国物理学家雷诺（1842—1912）得到"雷诺数"大于2 300，就会在圆管水流中形成湍流的结果。法国流体动力学家库埃特（1858—1943）用"双圆筒装置实验"，来研究湍流。1923年，英国应用数学家杰弗里·英格拉姆·泰勒（1886—1975）用库埃特的实验，得到了麻花涡旋、辫子涡旋和湍流状涡旋。1971年，出生在比利时的法国物理学家、数学家戴维·皮埃尔·儒勒（1935—　）与荷兰数学家弗洛里斯·塔肯斯（1940—2010）发表的《论湍流的本质》一文，对湍流的研究产生了很大的影响。1983年，出生在波兰，有法国、美国双重国籍的数学家、"分形几何之父"伯努瓦·曼德布洛特（1924—2010）指出，湍流中大大小小不同尺度的涡旋高度集中的区域，是一种间歇状的分形结构，具有局部的自相似性。因此，分形理论在湍流的研究中也有重要应用。

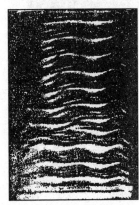

库埃特－泰勒实验：湍流状涡旋

虽然有专门的"湍流理论"，但由于湍流的运动太复杂，有多种因素参与而牵涉海量数据，使得人们很难对其进行全方位的研究，至今仍是流体力学中的难题。

从哥白尼到爱因斯坦

——科学家挥舞"奥卡姆剃刀"

"你用剑来保卫我，我用笔来保卫你。"600多年以前，一个青年对一个皇帝说。

这个青年是谁，这个皇帝又是谁，他为什么要这么说？

1328年5月26日夜——一个月黑风高之夜，法国阿维农（Avignon）省的教廷监狱。一个囚犯在这里成功越狱，然后投奔当初的巴伐利亚（今属德国）公爵、后来的皇帝（1314任"罗马之王"，1327任意大利国王，1328—1347任神圣罗马帝国皇帝）鲁德维格即路易斯四世（1282—1347）——从1324年开始囚禁这个囚犯的法国教皇（1316—1334在任）约翰二十二世（1249—1334）的死对头。

教皇约翰为什么要囚禁这个囚犯呢？原来，他到巴黎求学的时候，参加弗兰西斯教团，并同其中的一些激进分子散布"异端思想"，和教皇约翰发生了激烈的冲突。

这个囚犯——也就是这个青年的名字，叫威廉·奥卡姆（William of Occam，1287到1300—1347到1350）。为了躲避教皇约翰的迫害和继续"用笔"宣传自己的思想，奥卡姆就投奔了路易斯四世，希望得到他的"剑"的"保卫"。

"不可征服的博士"、

路易斯四世　　约翰二十二世

奥卡姆

哲学家奥卡姆出生在英国苏莱郡的奥卡姆（Occam），所以又名奥卡姆的威廉。他的"异端思想"之一，是反对正统经院哲学家依据实在论的观点。这些经院哲学家提出了无数的"实体形式""本质""隐秘的质"之类的东西，把它们加在一切事物之上，以为这就是对事物的"科学的"解释。奥卡姆则认为，所有这类东西都是无用的赘物，会妨碍人们正确认识事物，所以必须用"思维经济原则"把它们统统剃除。他的经济原则——后人称为"奥卡姆剃刀"（Occam's Razor），就是他所说的8个字"如无必要，勿增实体"。这把"剃刀"的本意，是为了说明"上帝"的存在，不能通过理性推导而得到。这种似乎偏激的思维方式，被称为"奥卡姆剃刀原则"，这在中国著名文学研究家兼作家钱锺书（1910—1998）的《钱锺书论学文选》一书中提到过。

因感染鼠疫，奥卡姆在慕尼黑去世。他一生写下的大量著作，已经淹没在历史的长河之中而鲜为人知，但是，他最享盛名的那8个字和它的形象比喻"奥卡姆剃刀"，却广为流传，并在包括下面提到的许多领域内得到应用或印证。

波兰天文学家哥白尼（1473—1543）是较早用"奥卡姆剃刀"取得伟大成功的范例。在他之前的"地球中心说"里，有复杂的80多个圆球围绕地球转个不停。他觉得既不美丽和谐，也不"经济"，于是挥舞"剃刀"——在并没有"看到"地球围绕太阳转的时候，把它"剃"成了和谐美丽的宇宙，开启了近代科学。

接下来，牛顿也从"苹果落地"这个简单的事实出发，挥舞"剃刀"——万有引力定律因此诞生。比牛顿更早提出引力概念的英国物理学家胡克（1635—1703），却因为没有用这把"剃刀"，就与万有引力定律失之交臂。

此外，瑞士数学家欧拉简化"七桥问题"，并最终取得成功，

哥白尼　　　　　　　　　　　太阳系"鸟瞰"

"法宝"也是那把看似简单的"奥卡姆剃刀"……

　　"奥卡姆剃刀"后来也被当作科学研究和理性思维的一条原则。在具体应用的时候，有多种变形。其中一种是：不应加入无必要的假设，在两种等价的结论中，应选择简洁的、假设最少的一种。

　　爱因斯坦的狭义相对论，就是"选择简洁"和"假设最少"的典范。他在基于牛顿力学的"伽利略变换"和"光速与光源的运动速度无关"的矛盾面前，在一些科学家舍不得"剃"掉牛顿力学的"枯枝腐叶"的时候，果断地挥舞"剃刀"——不，是抽出倚天"长剑"，把牛顿力学这座屹立了200多年的"大山"斩断。这把"长剑"，就是"光速不变原理"和"狭义相对性原理"。于是，狭义相对论在1905年诞生了。在这"一些科学家"中，就有不敢用"剃刀"的两位数学家兼物理学家：荷兰的洛仑兹（1853—1928）和法国的庞加莱（1854—1912）。

　　早在1892年，洛仑兹就提出了著名的、成为相对论相对性原理基础的"洛仑兹变换"（公式），然而，他却在经典力学面前"雪拥蓝关马不前"，没有再进一步去创立狭义相对论。

　　庞加莱在1895年早于爱因斯坦就提出了相对性原理，在1904年的一次演说中做了正式表达，然而，他也在牛顿的绝对时空面前，不

牛顿　　　　　　　爱因斯坦

知"云横秦岭家何在"——和相对论擦肩而过。

在技术领域，"奥卡姆剃刀"也得到了无数印证。

最早的火车，是靠轮子上的齿轮和铁轨上的齿条啮合前进的。不这样，火车就会打滑或出轨，但是，英国发明家乔治·斯蒂芬森（1781—1848）却用"剃刀"把它们"剃"掉。结果不但火车不打滑或出轨，而且速度还提高了5倍！

当初的自行车，在后轮两侧装着一对小轮——像现在的某些儿童自行车那样，但是，发明家们很快就用"剃刀""剃"掉了这对小轮，于是才有了沿用至今的、速度更快的两轮自行车。

莱特兄弟也是简化了飞机的设计，才取得成功的。

美籍意大利物理学家费米（1901—1954）在芝加哥大学讲课的时候，向学生提出了一个问题："芝加哥有多少钢琴调音师？"面对一脸茫然的学生，他自鸣得意地自问自答："在芝加哥300万人口组成的大约75万个家庭中，1/3有钢琴。每架钢琴平均5年调1次，1年就要调5万次。1个调音师1天平均调4架，以1年工作250天计算，就可以算出这个城市的调音师是50个。"就这样，费米用"剃刀"简化了思维。

其实，最简单的，也往往具有最强大的生命力。1987年，75位诺贝尔奖得主聚首巴黎。当记者问其中一个老人："您在哪所大学学到了您认为最重要的东西？"这位老人平静地回答说："在幼儿园。"这正好应验了捷克教育家夸美纽斯（1592—1670）的名言："在人身上，唯一能够持久的东西，是少年的时候吸收来的。"

"奥卡姆剃刀"，还可以"剃"掉"金字塔的神话"。在这个神话中说，古埃及金字塔底边周长之半与高之比就是圆周率 π 的值，它的位置、朝向、底边长、高度等，都蕴藏着某种神秘的公式或奥秘。其实，只要用"奥卡姆剃刀"一"剃"，这些神话将不复存在——一旦底边用了那么多块石头，按古埃及那样的方式堆垛砌上去，就必然会是那些结果。

此时，我们还想起了中国古代"秀才过沟"的故事和"杯弓蛇影"的寓言。当秀才翻书找寻过沟方法的时候，农夫只简单的一跨而过；当弓影在杯中成"蛇"的时候，只要倒掉杯中的酒水，"蛇"就消失得杳无影踪。就这样简单。

同样的道理，当我们怀疑领导、同事的某一句话，似乎饱含有许多对自己不利的"意思"而"宁可信其有，不可信其无"，并因此产生诸多烦恼的时候，不妨用"奥卡姆剃刀"——"剃"掉由此引发的杞忧。几天之后，领导、同事的笑脸和信任，就会驱散这些烦恼，让你面对明媚的阳光……

不过，600多年以来，虽然"奥卡姆剃刀"已经被磨得锋利无比，但是弄得不好也会割破自己。

这又是为什么呢？

原来，现实有时是错综复杂和千变万化的，所以，一般是在没有更多证据的时候，才首先接受或试验最简单的一种可能，但并非提倡随时随地都采用"奥卡姆剃刀"。

埃及古王国时代吉萨的三大金字塔

小颗粒引出"大问题"
——离奇的"巴西果效应"

巴西果

你注意过一个"奇怪"的现象没有——如果反复摇晃一盒装有各种坚果的盒子或罐子，大的坚果会在上层，而小的坚果会在下层。

为什么说"奇怪"呢？因为通常认为，根据重力原理，大的和重的颗粒会在下层，而这里的事实正好相反，并且不会"越混合越均匀"，即不像混合两种能混溶的液体那样。

欧洲人就经常看到这个现象。"穆兹利"是欧洲人常用的早餐——用没有烤过的卷状燕麦和干水果混在一起制成。食用的人们就发现了这样的奇怪现象：每天第一个从盒里倒出穆兹利的人，总会得到更多的巴西（坚）果，而最后一个倒出穆兹利人的则得到更多的燕麦片。

由于在这些干果中，巴西果是最大的，所以这种在混合颗粒中出现大上小下的分层现象，被称为"巴西（坚）果效应"（brazil nut effect）。

那么，有没有办法让大的颗粒沉到盒子底部呢？有的。

美国学者欣布罗特（Shinbrot）等人发现，垂直摇晃会使大颗粒运动到下层，而小颗粒则运动到上层，产生了所谓的"反巴西（坚）

果效应"。

总之，不管怎么摇晃，都不能让大小不同的颗粒物质"混合均匀"，而是适得其反地出现有序状态——要么出现巴西果效应，要么出现反巴西果效应。在大自然中，这类颗粒物质从"无序"变"有序"的现象不胜枚举。例如，在河床中的水流作用下，较大的卵石会聚到一起。

那么，如何解释巴西果效应呢？我们要先查一查颗粒物质的"身份"。

什么是颗粒物质呢？物理学家把尺度在 1 微米以上的固体，称为颗粒物质。沙粒、矿石、煤炭、糖、盐、黄豆等等，都是常见的颗粒物质。

虽然一句话就能说清什么是颗粒物质，但迄今科学家们却没有一个现成的理论能解释它们的"反常行为"，巴西果效应就是其中之一。

这就奇怪了，普通的颗粒物质并不具有微观或宏观的"极端尺度"，在生活中也随处可见，但为什么我们不能应用现有的理论来解释它们的行为呢？

我们知道，普通物质的状态是由温度来确定的。以水为例，当温度高于沸点的时候是气态，在凝固点以下是固态，而颗粒呢，有可能"三态共存"——一个动态体系。

例如，倾倒一堆颗粒的时候，可以看到一个类似气态的形式。当它在底部堆积起来的时候，类似固态，而那些表面流动着的颗粒，则相当于液态。

由此可见，颗粒体系不能简单地归类到固态、液态或气态中的任何一种之中。下面，我们将进一步来说明。

"三态共存"的颗粒体系

首先，它不是固态。使颗粒物质聚集到一起的力，比聚集固态物质的力（包括分子之间和原子之间的作用力）小得多。

染上不同颜色并编号的颗粒

其次，它不是液态。第一，颗粒体系的流动是在表面而"内外有别"，而不是像液体那样"表里如一"而且保持连续。第二，总体积很大的颗粒体系的形状，虽然也能像液体那样——和装它的容器内壁保持一致，但是，在总体积比容器的容积小很多的时候，它就会呈"金字塔"形，这和液体的"始终如一"大相径庭。第三，颗粒体系既可以支持密度比它大或者小的重物，也可以抓拿在手中，而液体却只能支持密度比它小的重物，也不能抓拿在手中。第四，混合液体——例如鸡尾酒在经过搅拌之后，会逐渐变得均匀，但是摇动颗粒物质，不但不会混合均匀，反而会分层，像我们提到过的两个效应那样。当然，有些液体也会分层，但这是密度不同引起的。

最后，它不是气态。颗粒体系的行为不受温度影响——例如，一堆沙粒被加热的时候，并不运动，而气体却要"到处乱跑"。

这些，就是颗粒体系跟普通物质的不同之处。同时，正是由于这些不同，就无法用已知的物理规律来描述或解释它们的"反常行为"。

对这些"不守规矩"的小家伙，科学家们感到"头痛"，认识也各异。

美国新泽西理工学院的安东尼·罗萨托认为，振动打开了颗粒之间的小"突破口"，从而使小颗粒在重力作用下从大颗粒的这种突破口穿过，滑掉到下方；大颗粒则在它们的支撑下留在顶部。芝加哥大学的海因里希·耶格等人，把颗粒染上不同的颜色并编号后做实验，结果发现振动使上部的颗粒向中心运动，下部的颗粒向容器的内壁运动，大颗粒难以通过小突破口而停留在顶部。对此，芝加哥大学的物理学家西格尼·内格，用气体的类似行为进行了解释，还进一步指出颗粒的密度，也是产生巴西果效应的一个原因。

另一种观点则认为，振动导致颗粒物质之间形成"对流"，进而造成了颗粒的分离。

如果敲击一个装着沙粒的容器，沙粒之间的空隙就会缩小而使总体积变小，密度变大。这似乎还好理解，因为给固体加压的时候，体积也会变小；但是，在给颗粒体系施加外力之后，体积却膨胀变大，密度变小了！这就奇怪了，到底是怎么回事呢？

当然，科学家们研究颗粒物质的行为，不仅是"好奇"，也是为了"应用"——和生活、生产、科研有直接关系。

我们在海边行走的时候，脚周围的沙子因为受到挤压要发生形变，而排列紧密的沙粒，如果要顺应外力的变化发生形变，首先要拉开颗粒间的空隙，才使形变有空间上的可能。于是沙粒受压后体积却膨胀变大。当脚离开，压力消失，沙子又会重新堆积紧密。这种受压后却密度变小、体积增大的现象，被称为"雷诺加压膨胀"——颗粒物质特有的行为之一。

飞转的车轮在沙堆中借不上大的反作用力而越陷越深，这和在平整的柏油路上驾车感觉完全不同。动物们摸到了沙粒的脾性，行动起来是"八仙过海"：沙蜥蜴不停地抬起脚丫子以防被烤焦；白颈蜥的步态很像史前恐龙一样——双足交替前进，敏捷而迅速；角响尾蛇则挪动细长柔软的身段，依靠身体鳞片与沙子之间的摩擦，采取不断改变触点的侧向爬行——这不但减少了与灼热沙堆的接触，也避免陷入沙中。

在生产食品、药品、化妆品和混凝土等产品的时候，我

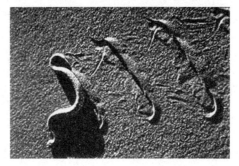

角响尾蛇在松软沙地上运动

们都希望各种颗粒状原料具有较好的流动性，使不同组分混合均匀，但是，这些颗粒物质却很容易堆积成团，从而减慢生产速度。据估计，单单是为了解决颗粒物质的流动性问题，就有大约60％的生产力被浪费。当颗粒物质挤满仓库的时候，因为颗粒物质产生的推力几乎是沿水平方向的，所以仓库的四壁比底部承受着大得多的压力。科学家就曾发现，可能仅仅因为几十个小颗粒就要引发一起坍塌事件——例如用鹅卵石砌成的大坝。

对颗粒物质的研究，还有可能帮助解释为什么山脉、火山、河流等具有特定的形状。如果一层水平的颗粒物质受到垂直方向的振动，就会形成倾斜的锥形：颗粒从锥形的中心上升而堆积，然后沿锥形的边向各个方向下降。这就是科学家正在研究的"颗粒状物质的对流运动"。在实验室里，科学家们还对沙锥的产生过程进行研究，以验证是否与地球火山锥的形成有关。

科学家还认为，山的成形可能也与颗粒物质的行为有关。例如沉积岩，主要是因为风吹沙子和碎石产生的"雪崩效应"形成的。当狂风劲吹沙锥的侧面达到一定的极限角度（"雪崩角"）的时候，沙石的上层就开始朝下滑。成层化的过程是颗粒物质两个方面特性——颗粒的分离（大的颗粒向上聚集）和表面的不同粗糙度相结合的结果。颗粒物质的这种行为，有可能帮助解释火星上显示的山脉"疤痕"的性质——也许并不是火星上曾经有水的证据。

德国拜罗伊特大学的物理学家们发现，在平底盘中旋转的弹珠，与巴西果效应有非常类似的表现。他们在一个直径30厘米的平底圆盘中放了几百颗直径为6毫米的玻璃珠，然后加入一颗分别由钢、青铜、玻璃、聚丙烯、聚亚胺酯或木头制成的大号"入侵者"。最后，用淘金工人旋转水沙盘的手法旋转平底盘。结果发现，如果入侵者的密度小于玻璃，就会摇摇晃晃地移动到盘子边缘；如果密度大于玻璃，就会移动到更加拥挤的盘心。也就是说，在盘中旋转的弹珠会根据密度不同而分离。

由于弹珠模型只与水平运动有关，就为科学家解开巴西果效应之谜提供了一种简化系统。

旋转弹珠因为密度不同而分离，这个简单的间接实验解决了有关颗粒物质的复杂问题。

"入侵者"的最终位置依密度大于或小于玻璃而定：大于的位于中心，小于的位于边缘

这在某种程度上帮助我们正确理解巴西果效应，并给我们带来启示。例如，分离麦粒和谷壳，我们要尽量运用巴西果效应，在混合沙子和砾石生产混凝土时，则要尽量排除巴西果效应。

由于颗粒的复杂行为至今还没有得到完全的认识，因此这一领域近年来受到了物理学界的广泛关注。

并非全都"热胀冷缩"
——不凡的"因瓦效应"

"埃菲尔铁塔有多高？"你和你的朋友旅游到了巴黎市区，你的朋友要考考你。

耸立在巴黎市区的埃菲尔铁塔注视着塞纳河在它身边流淌，它究竟有多高？

"1889 年 3 月 31 日埃菲尔铁塔建成的时候高 300 米，1959 年顶部增设广播天线后高 320 米。"这当然难不倒博学广闻的你——何况这次旅游之前还临时抱了"佛脚"。

"那么，"你的朋友继续问，"是什么季节——冬天，还是夏天？"

"啊，你也太较真了——高度还会看季节？"

"是啊，你没学过'热胀冷缩'？"

…………

就这样，你和朋友在埃菲尔铁塔脚下算起"细账"来。普通的钢的热线胀系数 α（或称热膨胀系数）为 $1.1 \times 10^{-5}/℃$，所以温度每上升 1 ℃，铁塔就要增高 3.3 毫米。而冬天最冷可达 -10 ℃，夏天最热可达 40 ℃，这样，铁塔最多可增高 16.5 厘米——超过了一本 32 开书的宽度！

当然，通常我们是不会这样较真的——一般说高度或长度，都是指的大约数值。

但是，有时候我们却不得不较真。例如下面的彩电中的荫罩板问题。

随着科技的迅猛发展，现在的液晶彩电、等离子彩电、QLED 彩电（即量子点发光二极管彩电——全称有源矩阵量子点发光二极管彩电）等当年的"贵族享受"，已经"飞入寻常百姓家"。原来家庭或公共场所用的显像管彩电的核心部件，就是显像管。"代表"红、绿、蓝三种颜色的电子，要准确地打在显像管的荧光屏上，才能显现清晰艳丽的色彩，这就需要设置一块有几十万个直径不到 1 毫米的精确小孔的荫罩板。但是，只有 15% 的电子通过这些小孔打在荧光屏上，当剩下 85% 的那些不必通过小孔的电子，打在厚度仅 0.15 毫米的荫罩板上的时候，就会使普通金属材料制作的荫罩板严重受热（温度可升高 70 ℃）膨胀而变形。这一变形量超过 20 微米就坏了——引起小孔变形而使图像模糊不清。怎么解决这个问题呢？科学家们想到了 1920 年诺贝尔物理学奖得主的一项发明。

1920 年，纪尧姆独享诺贝尔物理学奖——因为"发现镍钢的反常性以及它在精密物理中的重要性"。这里的镍钢这种合金，就是指他在 1896 年发明的"殷钢"。科学家们就是用殷钢来制作荫罩板解

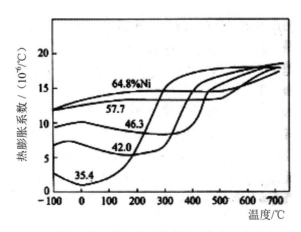

不同组分的几种殷钢的热膨胀系数和温度的关系

决上述问题的。

殷钢（英文名 inconel 或拉丁文 invar 的音译，意思是"不变的"）又翻译为"因钢"，也叫"不变钢"，是"因瓦合金"中的一种。殷钢随组分不同有不同的性质和用途，一般能耐高温、氧化和腐蚀。那为什么殷钢有这么大的本事呢？

原来，制造荫罩板的殷钢中镍的质量分数为 36%、铁为 63.8%、碳为 0.2%，在室温条件下的 α 很小——1.1×10^{-6}/℃，仅为普通钢（$\alpha = 1.1 \times 10^{-5}$/℃）的 1/10，能保证荫罩板几乎不变形，得到清晰图像。

可能有读者会问，物质热胀冷缩，有的 α 小，有的大，找到 α 小的殷钢有什么稀奇——还要独得诺贝尔奖！

话可不能这么说，因为一般合金或金属的 α 都较大——要找到 α 小的殷钢，还有下面的学问呢！

科学研究发现，绝大多数金属和合金的实际 α，都随温度的升高而增大——这种情况称为"正常热膨胀"。

对于某些铁磁性的金属与合金——例如镍和一系列铁镍合金，α 随温度的变化不符合上述规律，而是在正常热膨胀曲线上出现附加的"膨胀峰"。这些变化有时是非常急剧的，称为"反常热膨胀"。镍的附加热膨胀峰为正，称为"正反常"；而铁和含镍（35%）的合金的附加热膨胀峰为负，称为"负反常"。

具有负反常膨胀特性的合金，α 可低到接近零值（甚至可以是负值），或在一定温度范围内 α 基本不变，所以有重大的实用意义。

反常热膨胀现象，最早就是 1896 年纪尧姆在具有面心立方晶型的铁和含镍（35%）的合金中发现的，它在室温下 α 很小——仅约 1.2×10^{-6}/℃。后来在其他材料（例如铁铂合金、铁镍钴合金）中，也发现了这种反常热膨胀现象。所以，人们把固体材料的这种 α 很小（甚至趋于零或成负值）的现象，叫作"热膨胀反常"或"因瓦反常"。除此，人们还把与此相关联的其他物理特性的反常行为统称为"因瓦效应"，把 α 很小甚至趋于零或为负值的材料，统称为因瓦合金。

由此可以看出，热胀冷缩不是严密的普遍规律，而是多数物质的实验规律。实际上，有少数物质并不遵守这个规律。例如，液体中的水在 4 ℃ 以上热胀冷缩，4 ℃ 以下冷胀热缩而使结冰后体积增大；又如，混合液体蜂乳也在受冷变成固体后体积增大。

因瓦合金有极其广泛的用途。制造基准测量器具、度量衡仪器、其他精密仪器（例如固体膨胀温度计）、精密钟表（包括天文钟）等等，都离不开它。例如，纪尧姆在 1897 年就首先把因钢和其他铁镍合金用于钟表制造。因钢尺曾用来准确测量埃菲尔铁塔的高度。特别是因钢的 α 和玻璃的 α 相等，需要用合金和玻璃制造的真空仪器，离开它是不行的。

镍和它的化合物应用广泛，所以许多仪器、家电的零部件中都含镍——例如显像管脚。但是，镍和它的化合物都有毒，被确认为是致癌物，所以废家电等不要乱扔。

1861 年 2 月 25 日，物理学家查尔斯·爱德华·纪尧姆出生在瑞士的弗勒里尔（Fleurier），先后在瑞士的纳沙泰尔（Neuchatal）和苏黎世接受教育。后来，他到了法国，1915 年起担任国际度量衡局局长，1938 年 6 月 30 日在巴黎辞世。

纪尧姆

乌鸦、通信员和光线
——"上帝不干冤枉活"

图 1　乌鸦怎么叼麦穗

地里的麦子熟了，一只在树上的乌鸦"鸟视眈眈"。当然，它必须冒风险——在飞行的过程中，守麦人的子弹在等着它呢！不过，饥饿的乌鸦还是挡不住美食的诱惑，决定"不怕牺牲"，猛然从树上飞到麦地迅速叼起一支麦穗之后，就立即飞到对面的篱笆上。

那么，我们来给乌鸦出个主意，飞行什么路线，才能花费最少的时间——减少被子弹打中的危险。

"这小菜一碟"当然难不倒你——照图 1 中那样使"入飞角"和"出飞角"相等就行了。

"入飞角"？"出飞角"？没搞错吧，我们只听说过光线的入射角和反射角！

对，这"入飞角"和"出飞角"，就是入射角和反射角的"克隆版"。不但如此，这乌鸦照图 1 中那样飞行，就是从光线"走直线"那里学来的呢！

我们都知道，在同一种均匀物质中，光线要走直线——为的是要"节约时间"。那么，光线遇到障碍物（例如图 2 中的镜子 MN）之后，又怎么走呢——是不是也要"节约时间"呢？

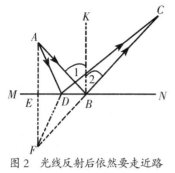

图2 光线反射后依然要走近路

是的，光线也不会"走冤枉路"而浪费时间。

在图2中，如果A处射出的光线要走最短的路到达C点，就必须走ABC这唯一的路。平面镜上的B是这样一点，使反射角（∠2）和入射角（∠1）保持相等。下面，我们用反证法来证明光线这样走，的确是走了最近的路。

假设MN上有另外的D点，能使ADC < ABC。接下来，我们把CB延长，使它和与MN垂直的AE的延长线在F点相交。

这样，就很容易证明，△AEB ≌ △FEB。于是，FB=AB。这就得到了ABC=FBC。

同样，也很容易证明，△AED ≌ △FED。于是，FD=AD。这也就得到了ADC=FDC。

现在，就很容易看出FDC > FBC了——因为两点（F和C）之间直线段（FBC）最短。

看到了吧——ABC的确是最近的路。

我们知道，图2中的光线，就是按图3中的反射定律来走的。

其实，"乌鸦怎么叼麦粒"的解答，还适用于许多场合。例如，假设有一个在图2中A点住家的人，要到河边MN去取水，再送到父母家C，他走什么路线最近？答案也是一样的。

当然，上面的乌鸦叼麦穗和取水问题，都假设了"主角"在那段时间是匀速运动的。

如果不能匀速运动，又怎么办呢？例如在图4中，人在沙地和草地走的速度就不一样。

显然，我们只能假设一些条件，使

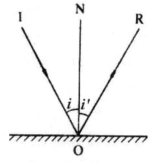

图3 光的反射定律：∠i' = ∠i

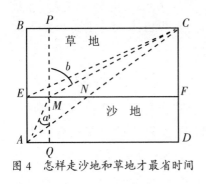

图 4　怎样走沙地和草地才最省时间

这类问题变得直观简单。那就假设图 4 中一个通信员要尽快把一份重要情报从 A 送到 C 的路中，在沙地的行走速度只有在草地的一半。图 4 中 EF 是矩形沙地（长 7 千米，宽 2 千米）和矩形草地（长 7 千米，宽 3 千米）的分界线。

走 ANC 这条直线的路可能"不合算"，因为在沙地里走的速度慢，路线比较长。走 AEC 这条路也可能"不合算"，因为虽然在沙地里走的路线短一些，但是在草地里走的路线却长了许多。

实际上，应该走 AMC 这条路。那 AMC 是怎样一条路呢，M 又是怎样的一个点呢？

M 是这样的点，它使图 4 中的 $\angle a$ 和 $\angle b$ 有 $\sin\angle b : \sin\angle a = 2 : 1$ 的关系。这里，2：1 是"在草地的行走速度"："在沙地的行走速度"。

相信读者能用勾股定理和三角知识计算出，走 ANC 这条路用的时间最长，走 AEC 这条路用的时间要短一些，而走 AMC 这条路用的时间最短。

那为什么走 AMC 这条路用的时间最短呢？

我们还是请老朋友光线来帮忙吧。

在光学中，有一个折射定律（用图 5 来说明）。前面通信员走的，就是这里光线走的路。当然，图 5 只是光线从光密媒质进入光疏媒质的情形。折射定律最早是由荷兰数学家、物理学家斯涅尔（1580—1626）在 1621 年最先发现的。法国数学家、物理学家笛卡儿（1596—1650）则在 1637 年著的《折光学》中，最先在理论上

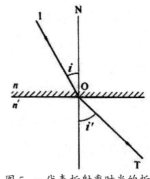

图 5　n 代表折射率时光的折射定律：$n'\sin i' = n\sin i$

斯涅尔

笛卡儿

对它加以论证，并把它表达为今天的形式。

乌鸦和通信员应该走光线走的路，才最省时间，这是一个原理——"费马原理"在光学中的体现。光的反射定律和折射定律，都可以从费马原理推导出来。

费马（1601—1665）是法国的"业余数学之王"。他在研究了许多自然现象之后，大约在1662年提出了"最小作用（量）原理"——后人称为费马原理。

最小作用原理又称为"极小作用原理"或"稳定作用原理"。他认为，大自然发生的各种现象，都只消耗最小的能量——"上帝不做无用功"或"上帝不干冤枉活"。费马还认为，蜜蜂建造正六角形的蜂巢，能最大限度地节省蜂蜡，也是基于这个原理。

德国数学家莱布尼茨（1646—1716）在力学上对发展最小作用原理做出过贡献。1743年初，瑞士数学家欧拉（1707—1783）也得出这一原理的某些结论，并载于次年秋发表的关于变分法的一本书名很长的书中。

法国数学家、哲学家莫佩都（1698—1759）受到费马原理的启发，得到了它的表示式，并在1744年4月15日把论文提交给了法国科学院。

后来，最小作用原理又有新发展。法国数学家拉格朗日（1736—1813）给出了一个关于最小作用原理的令人满意的描述；而在1834—1835年间，英国数学家、物理学家哈密顿（1805—1865）在论文《动力学的一般方法》中，则用"哈密顿原理"把它覆盖。

费马

最小作用原理广泛用于光学、力学等各个领域。例如，悬挂在两个固定点的细绳，它一定会形成使自己重心最低的形状——数学和物理学中著名的"悬链线"。又比如，一块大石头从山上滚下到山脚的时候，它一定会选择花时间最短的道路——好个"上帝不干冤枉活"。

莫佩都

"光子"折磨 20 年
——一群物理学家与"手表定理"

"8 点半，还来得及——飞机起飞是 10 点。"急匆匆赶到了飞机场的你，此时从容不迫、满心欢喜。

原因很简单——你手上戴着一只手表，知道现在是几点钟。

当你同时拥有两只手表（或其中有一只是能计时的手机）的时候，也许就无法准确确定

普朗克

时间了——可能两只表并不能告诉你谁是更准确的时间，反而会让看手表的你失去对准确时间的信心。这就是英国心理学家 P.萨盖所说的"手表定理"（watch law）。手表定理的另一层含义是，每个人都不能同时挑选两种不同的价值观，否则你的行为将陷入混乱。

我们要做的，就是选择其中比较信赖的一只，尽力校准它，并以它作为你的标准，听从它的指引。

然而，包括德国普朗克（1858—1947）在内的一群著名物理学家，却没有这样做。结果，都"栽"在了"手表"面前。

1887 年，德国物理学家赫兹（1857—1894）发现了外光电效应。其后，人们发现只有高于某一频率的光才能产生光电效应；而且光照到金属表面后，光电流立即就会产生。1900 年，赫兹的学生勒纳德（1862—1947）还发现，光电效应产生的光电子，其运动的最大速度只同光的频率有关而与光的强度无关。这些无法用英国物理学家

德布罗意

麦克斯韦（1831—1879）经典电磁理论解释的奇怪现象，使物理学家们困惑不已。

1905 年 3 月，爱因斯坦在他的论文《关于光的产生和转化的一个推测性观点》中，利用、发展了 1900 年普朗克提出的量子假说，提出了光是由一个个"光量子"组成的。爱因斯坦认为，关于光的产生和转化的瞬时现象，只要用"光量子论"就能解释。而且，作为光量子论的一个推论，他还在论文的末尾用它解释了上述勒纳德发现的有关光电效应的现象，提出了著名的光电效应公式。他的这些观点，同 19 世纪已取得"绝对胜利"并被大量实验证实的光的波动论和麦克斯韦电磁理论根本对立，所以他认为是"非常革命"的。

这是物理学史上的一件趣事：赫兹为证实麦克斯韦电磁理论发现了光电效应，而爱因斯坦却根据光电效应打开了麦克斯韦电磁理论的缺口。同样有趣的是，光电效应是赫兹在研究电磁场波动性的时候发现的，然而这一效应却是光的粒子性的实验证据。是的，光量子论的提出，就意味着在 1850 年就已经被彻底推翻了的牛顿微粒说，在一定意义上复活了——当时占绝对统治地位的光的波动说，又有了对立面。

爱因斯坦不是简单重复牛顿的微粒说，排斥波动说，而是认为两者从不同侧面反映了光的本质，即光具有波粒二象性。这个第一次揭示微观物质具有波粒二象性的观点，后来经过法国物理学家路易斯·德布罗意（1892—1987）等人的发展和证实，成为微观物理理论最基本的概念。

当时，一些中老年物理学家们却反对这一"非常革命"的理论。平和一些的，则采取冷淡、怀疑的态度。

在众多的反对者中，就有普朗克。有趣的是，他不但是光子论的基础——量子假说的创立者，而且是爱因斯坦另一"非常革命"的理论——狭义相对论的最早支持者之一。到了 1913 年，他对光量子论就感到难以容忍，认为爱因斯坦是在思辨中迷失了方向。例如，在这一年，他在和其他人提名爱因斯坦为普鲁士科学院会员的时候，一方面高度评价爱因斯坦，另一方面却说："有时，他可能在他的思索中失去了目标，例如他的光量子假说。"

你看，普朗克就这样"栽"在了两只"手表"——一只是他创立的量子假说，一只是经典的光的波动论和麦克斯韦电磁理论面前！

此外，美国物理学家密立根（1868—1953）、康普顿（1892—1962）等中青年人，也不相信光子论——同样"栽"在了两只"手表"面前。

科学真理迟早会被人们认识和承认的。密立根曾花了 10 年时间用实验来检验爱因斯坦的光电效应公式，结果同他的"一切愿望相反"，"在 1915 年不得不断言它的无歧义的实验证实"。对此，爱因斯坦作了高度评价："我感谢密立根关于光电效应的研究，它第一次判决性地证明了在光的影响下电子从固体发射与光的振动周期有关，这一量子论的结果是辐射的粒子结构所特有的性质。"在 1922 年发现"康普顿效应"的康普顿本人，也在经过多方探索之后，终于认识到这一效应只能用光量子论才能解释。少数人在 1925 年美国和德国的两组物理学家分别进行实验之后，也终于肯定了光子论。然而，这已离光子论提出整整 20 年了！

为什么爱因斯坦的光量子论没有及时得到物理学家——特别是中老年物理学家的理解和支持，而被延误了 20 年呢？

首先，是由于光量子论突破了传统观念的束缚，人们还没有来得及认识这种突破，当然支持和承认也就滞后了。

其次，当时没有足够多的

密立根　　　康普顿

实验事实支持爱因斯坦大胆的理论——尽管光量子论与已有的实验事实并无矛盾。对此，爱因斯坦也不是绝对有把握，而是谨慎地称之为"推测性观点"。爱因斯坦本人提出的遏止电压与频率成正比的关系，并没有直接的实验依据，因为在这一实验中测量不同频率下纯粹由光引起的微弱电流，在当时十分困难。直到1916年，密立根才排除了表面接触电压、氧化膜的影响，获得较好的单色光，以出色的实验做出了全面的验证，从而使光量子论得到第一次证实。由此可以看出，先进的实验技术在确立科学理论中的重要作用。

最后，与勒纳德的"触发说"有关。为了解释光电效应不能用经典理论解释的现象，勒纳德于1902年提出了触发说。触发说认为，在光电子的发射过程中，光只起触发作用，电子原来就是以某一速度在原子内部运动的，光照到原子上，只要光的频率和电子本身振动频率一致，就发生共振，所以光仅起到"打开闸门"的作用。"闸门"一旦打开，电子就以自身的速度从原子内部逸出而形成光电子。他认为，原子内电子的振动频率是特定的，只有频率合适的光才能起触发作用。他的触发说，既可解释那些不能用经典理论解释的光电效应的现象，又不违反经典理论，当时很容易就被人们接受并产生很大的影响。就在爱因斯坦提出光量子论的1905年，勒纳德也因为对阴极射线的研究独享诺贝尔物理学奖。这两件事，也是人们没有对光量子论给予应有的关注的重要原因，不过，这不是主要和长久的原因——触发说不久就被勒纳德自己的实验驳倒。

从光量子论经过20年才得到广泛公认可见，造成这一延误的根本性原因——束缚人们思想的传统观念造成的两只"手表"，是多么有害地阻碍科学的发展啊！不过，好在诺贝尔物理学奖评委会要英明一些：在1921年就肯定了爱因斯坦的光量子论和对光电效应的研究，从而在当年把1921年的诺贝尔物理学奖评给了他。

手表定理不但要求科学家们要学会"选择"，而且在其他领域也是如此。

手表定理在企业经营管理方面给我们一种非常直观的启发是，对同一个人或同一个组织的管理，不能同时采用两种不同的方法，不能同时设置两个不同的目标。甚至每一个人不能由两个人来同时指挥，否则将使这个企业或这个人无所适从，或者"师多打烂船"。

　　如果每个人都"选择你所爱，爱你所选择"，无论成败都可以心安理得。困扰很多人的是：他们被两只"手表"弄得心身憔悴——不知自己该相信哪一只。还有人在环境或他人的压力下，违心选择了自己并不喜欢的道路，为此而郁郁终生，即使取得了受人瞩目的成就，也没了成功的快乐。

　　最后，我们把德国哲学家尼采（1844—1900）关于道德的话移植到"人生选择"的问题上："兄弟，如果你是幸运的，你只需有一种道德而不要贪多，这样，你过桥会更容易一些。"

当乌云遮蔽了太阳
——科研中的"意外效应"

伦琴

"天公不作美，不能再等了！"贝克勒尔心情郁闷，喃喃自语。

贝克勒尔何许人，什么事让他这样不开心？

在19世纪末，德国物理学家伦琴（1845—1923）发现了X光，当时人们对它的来历、性质等还不很清楚。有人推测太阳光照射荧光物质能够产生X光，法国物理学家贝克勒尔（1852—1908）对此非常感兴趣，从1896年1月下旬开始了专门研究。

为了探寻X光的来历，贝克勒尔选了一种铀的氧化物作为荧光物质，把它放在太阳下曝晒，结果发现它使黑纸中的底片感光了。于是，他得出初步结论：阳光照射荧光物质能产生X光。正当他要进一步研究的时候，意外的事情发生了。当时，天气转阴，乌云一连几天遮蔽了太阳。他忍不住了，决定把底片冲洗出来再说。在拿到照片的时候，贝克勒尔经历了每个科学家都梦寐以求的那种又惊又喜的晕眩：底片曝光是如此彻底，上面的花纹是如此清晰，甚至比强烈阳光下还要超出100倍！

这是一个历史性的时刻，贝克勒尔"命中注定"地首先发现了元素的放射性——在一个戏剧性的场合下。他也因此和居里夫妇共享1903年诺贝尔化学奖（贝克勒尔分得总奖金的一半，居里夫妇分享另一半）。

是啊！在科学史上，还有许多类似的具有重大意义的"意外"——工作没有取得预期的成果，但意外的操作或意外的现象却给人以启迪，有了意外的收获，达到了意想不到的效果。这就是"意外效应"。

贝克勒尔

无独有偶，拉瓦锡揭开燃烧的"真相"，也纯属意外。

在 18 世纪，人们普遍相信，物质燃烧是因为"燃素"离开物质的结果——法国化学家拉瓦锡（1743—1794）对此也深信不疑。

在 1774 年的一天，拉瓦锡决定测量这种"燃素"的具体质量是多少。他用天平称量了一块锡的质量，随即用高温加热。等它完全烧成了灰烬之后，他小心翼翼地把每一粒灰烬都收集起来，再称它的质量。结果使得当时的所有人都瞠目结舌——按照"燃素说"，燃烧后的灰烬应该比燃烧前要轻，但实验正好相反。

拉瓦锡的发现和"燃素说"相悖——燃素学说认为燃烧是分解过程，燃烧产物应该比可燃物质量小。拉瓦锡把实验结果写成论文交给法国科学院，并做了很多实验证明了燃素说的错误。正是拉瓦锡的"反燃素化学"使化学开始成为一门真正的学科，拉瓦锡也被人们称为"现代化学之父"。这一头衔对他名副其实，不过，来得也真有些意外。

拉瓦锡

意外效应引出的科学成果很多——"迈克耳孙－莫雷实验"是特别值得一提的例子。

在人们当时的观念里，"以太"是一种充斥整个宇宙的物质，代表了一个绝对静止的参考系，而地球穿过以太在空间中运动，就相当于一艘船在高速行驶，迎面会吹来强烈的"以太风"。出生在普鲁士斯特雷诺（今波兰斯特尔诺）的美国物理学家迈克耳孙（1852—1931），在1881年发明了著名的迈克耳孙干涉仪，并在当年4月上旬进行了实验——想测出"以太"对地球的漂移速度；但是，结果却让他失望——实验得到的"以太"是"零漂移"，否定了他"应移动0.04个干涉条纹"的计算值。

迈克耳孙干涉仪

迈克耳孙并不甘心"失败"，他和精通物理学的美国数学家兼化学家莫雷（1838—1923）开始合作，继续实验。1887年，他们进行的著名的迈克耳孙 – 莫雷实验，可能是物理史上进行过的最精密的实验——精度达到2.5×10^{-10}。为了提高系统的灵敏度和稳定性，他们甚至多方寻找才弄来了一块大石板，把它放在一个水银槽上，把干扰因素降到了最低。

实验结果再次让他们震惊和无比失望——两束光线没有表现出任何的时间差，说明"以太"似乎对穿越于其中的光线毫无影响。迈克耳孙和莫雷不甘心地连续观测了5天，本来想连续观测一年，以确定地球绕太阳运行对"以太风"造成的差别。因为这个否定的结果是如此清晰和不容置疑，他们也只好无奈地取消了这个计划。

迈克耳孙 – 莫雷实验，是物理史上最有名的"失败实验"。实验的结果是如此令所有物理学家震惊，以至于在相当长的一段时期里，都不敢相信它的正确性。正是这个否定的证据，最终动摇了经典物理学的根基，使"光以太"寿终正寝，并为相对论的诞

莫雷

迈克耳孙

生奠定了思想基础。可谓"有心栽花花不开，无心插柳柳成荫"。

是啊！只要善于思考，勤于钻研，对于有准备的大脑来说，每一次观察、每一次实验，都可能有意外的收获。实际上也是如此——很多科学发现都得益于这些意外。也正因为意外，科学研究才充满了传奇色彩，给人们带来惊喜的成功。

当然，意外效应还可以有另一种情形——意外事件引出成果。

我们知道，黄曲霉素是目前世界上发现的化学致癌物中最强的物质之一。那么，它是怎么被发现的呢？

1960 年，在英国南部地区，发生了历史上有名的"火鸡事件"——在短短几个月内就有十万只火鸡突然死亡。由于死因不明，当时被称为"火鸡 X 病"。后来经过研究发现，在火鸡的饲料中有从巴西进口的生霉的花生饼粉——用它喂养大白鼠能诱发肝癌。1962 年，分离并鉴定出其中的致癌物质——命名为黄曲霉素。从此，人们就知道霉变的花生等能产生致癌的黄曲霉素。

莲花不染污泥

——"莲花效应"带来"材料革命"

出污泥而不染的莲花

莲花高贵、圣洁、贞静、娇羞，常常因此被人们讴歌、赞美，被称为"出水芙蓉"。

中国诗人兼散文家徐志摩（1897—1931）的诗中，就有"像一朵水莲花不胜凉风的娇羞"的诗句。

中国五代时期王仁裕著的《开元天宝遗事》中，记载有唐明皇李隆基把杨贵妃比作千叶白莲的故事。

佛教就选用源于印度的莲花，做释迦牟尼和其他菩萨的佛座或帽子；佛教徒以新鲜莲花献佛；和尚跪拜用的是绣莲蒲团，念经唱赞的时候敲打用的乐器饰有莲花，大雄宝殿上长垂的是记有佛名的莲幡，圆寂后要盛装在莲缸之中火化。

连西方的"老外"也钟爱莲花——例如，埃及就选它为国花。

…………

总之，"清水出芙蓉，天然去雕饰"，是人们赞美和钟爱荷花的主要原因——在科学家的眼中，也是如此。

中国明太祖朱元璋用"一弯西子臂"（指藕）的上联来考一个农民，农民则用下联"七窍比干心"（也是指藕）作答。这副脍炙人口的对联之所以流传至今，真有点人们喜欢荷花而"爱屋（荷花）及乌（藕）"的味道。

有时我们也很纳闷：难道莲花真有一颗明净的心吗？要了解真相，还是让我们一同走近莲花吧！

最早走近莲花的，是德国波恩大学的植物学家威廉·巴特洛特博士及其领导的小组。他们从20世纪70年代起，就通过电子显微镜对10 000多种植物的表面结构进行了研究。直到1990年初，他们才发现光滑的叶子表面有灰尘，要先清洗才能在显微镜下观察，而莲叶等可以防水的叶子表面却总是干干净净——莲叶表面的特殊结构有自我清洁功能。这一功能，被称为"莲花效应"（lotus effect）或"自清洁效应"。

我们知道，刀刃的表面无法被水珠附着，进一步地观察，这样的表面同样也很难吸附脏物。当然，莲花也能这样"洁身自好"——在莲叶上倒几滴胶水，胶水不会粘连在叶面上。再滴几滴水试试，哇，水滴滚过莲叶，竟然能卷起所有的灰尘微粒并把它们带离叶片。

莲花真是"圣人"吗？何以能"出淤泥而不染"而"洁身自好"呢？难道是因为它的叶面异常光滑？不，不是。

巴特洛特等揭开了莲花出污泥而不染的秘密。经过电子显微镜的分析，莲叶表面上布满了细微的凸状物而且还有蜡质——并非想象中的光滑。从图中可以看出，这些凸起状的角质层和蜡质形体把空气封在叶面的凹处，减少了液体与叶面的接触面积，形成了具有强烈疏水性质的表面。

这样，使在尺寸上远大于这个结构的灰尘、雨水等降落在叶面上的时候，只能和叶面上凸状物形成点的接触。在有蜡质的叶面上，污物的粒子只是勉强立足，难以扎根，少量

荷叶表面的凸状物蜡质放大

的水就能把它们冲走。这是因为液滴在自身的表面张力作用下形成球状，在叶面滚动的时候吸附灰尘，滚出叶面。

为了进一步验明莲花并非抗污的"冒牌货"，

"污物"形成球状的液滴吸附灰尘而滚出叶面

他们进行了植物的"抗污比赛"——首先从 340 种植物中选出防水性最佳的植物，放在含有大量石英粉尘、二氧化硫和复印机墨粉的污染物中；然后再把它们放在雨水中，或用人工喷雾器喷雾。目的是检验在直径为 0.5 毫米的水滴中，它们的"自洁机能"的效果。

在高倍电子显微镜的帮助下，他们测量了水滴和莲叶之间接触的角度——这个角度越大，清洁所需的水量就越小。莲叶与水滴的接触角平均为 160°——接近 180° 这个极限值，当之无愧地名列榜首。

除此以外，莲叶类的叶子的防水性不仅使水滴带走污物，清洁了植物，还可以避免孢子类寄生物的栖息——没有潮湿的环境，寄生物就无法生存。

当然，莲叶的这种表面"超纳米结构"并不是它的"专利"，而是普遍存在于其他生物中。例如，某些动物的皮毛中也有这种结构。我们常见鹅、鸭在水中嬉戏、觅食，却不见它们的羽毛被水打湿，也不需要像落水狗一样地用力抖动身体来甩掉身上的水。这是因为鹅毛和鸭毛是防水的——它们排列非常整齐，且毛与毛之间的隙缝小到纳米尺寸，所以水分子无法穿透。我们知道，纳米结构的材料具有防污功能。

自从深入了解莲花以后，人们可没忘记把它的"美德"发扬光大。例如，德国的 ISPO 公司，就利用莲花效应在 1999 年 3 月生产出了一种名叫 Lotusan 的油漆——能自己去除表面的污物颗粒，使建筑外表保持干净。另一家公司也用类似原理制成了压缩黏土瓦，当雨水落在瓦上的时候，水滴会带走污物。

还有的企业正在开发塑料涂层。这样，在不久的将来，太阳能板、道路交通标识牌、花园中的座椅和苫布等覆盖材料，都只需用少量的水就可以冲洗干净。

2002 年，土耳其科贾埃利大学的研究人员首次在溶液中分解聚丙烯——一种普遍应用的简单塑料。他们加入一种凝结剂，并把它涂到载物玻璃片上。在一个真空烤箱中使溶剂蒸发后，就得到了一种多孔的凝胶层，其接触角度达到 160°，防水能力堪与荷叶媲美。

进入 21 世纪以后，德国及阿联酋的 10 000 多座建筑物的表面涂层，使用了巴特洛特利用莲花效应生产的新材料。他为新产品和这项技术申请了专利，还因为这项科学研究获得了菲利普·莫里斯奖。2008 年，科学家们在普通的面料纤维中加入一层薄薄的纳米二氧化钛（直径 10 ～ 50 纳米），生产出了一种"自洁面料"，能"见光自洁"，将其用作衣服面料，就可以像 1951 年英国影片《白衣男子》中的主角西德尼那样，穿上见光自洁的白色套装"潇洒走一回"了。

植物学家的好奇心，带来了一次小小的"材料革命"，真有点"接天莲叶无穷碧，映日荷花别样红"（杨万里）的味道。

其实，我们又何尝不想"出污泥而不染"呢，只是没有莲花一样的"肌肤"罢了。想想今天铺天盖地的化妆产品，说不定拥有莲花般的肌肤真不仅仅是"梦中的明天"。

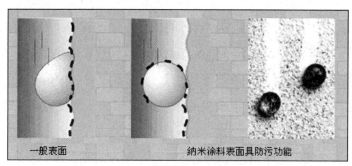

一般表面　　　　纳米涂料表面具防污功能

纳米涂料具有防污功能

谁在戏弄我们

——不可不知的物质特性

三叶草

在新西兰的一个牧场，曾经发生了这样一件事情。一位牧民在牧场上播种了牲口爱吃的三叶草——一种分布很广的一年或多年生草本豆科植物，可作牧草或绿肥。可是年景实在不好——三叶草长得又矮又小，枯萎发黄，甚至大片死去。

奇怪的是，就在这片荒凉的牧场上，却有一条带状地带的三叶草长得碧绿繁茂，生机勃勃，远远看去仿佛一条长长的"绿地毯"，十分醒目。

人们观察着，琢磨着，百思不得其解。很久之后，谜底最终揭晓了。

原来，在牧场附近新开了一家钼矿厂。矿工们每天往返于上班和回家的路上，不少人常常为节省时间抄近道穿过牧场。他们穿的靴子上到处沾着钼矿粉，每天就星星点点地洒落在牧场的小道上。在踩过的小道上，就长出了那条"绿地毯"。不容置疑——是这些钼矿粉渗进土壤，补充了土壤中缺少的微量元素钼，从而使牧草长得如此丰美。

这桩奇闻引起了科学家的关注。经过深入研究，他们发现，钼不仅是植物生长必不可少的微量元素，而且在整个生命世界中也同样扮演着重要的角色。

在微量元素中，钼是植物需求量很少的一种，但它"物少鬼大"——参与两种酶的反应。一是把植物体内的硝酸根离子还原为铵离子，使植物顺利合成氨基酸。二是在固氮菌固氮的过程中，把氮气分子固定为铵离子，这对于能够与固氮菌共生的豆科植物尤为重要——钼参与合成的"钼铁蛋白"起着与氮分子结合生成氨的作用。如果没有钼，豆科植物就得不到足够的氮肥。

菠萝

揭开了"绿地毯"的神秘面纱，我们再来看又一桩怪事。

1893 年，在亚速尔群岛上，有个木匠在温室里工作的时候，无意中把美人蕉的碎枝叶当作垃圾给烧了，烟雾弥散开来。不久，他惊讶地发现，温室里的菠萝精神抖擞地一齐开了花——好像被打了一针强心剂！

"这哪是开花的时节呀？"——可眼前的美景叫你不得不信。消息传开以后，前来观看的人络绎不绝。

多年后当人们仍对此津津乐道之时，发生在美国的一件事却让花匠们痛苦万分。

1908 年，美国有些培育康乃馨的花匠把美人蕉移植到芝加哥的温室里，但事与愿违，花儿好像都商量好了——迟迟不开。这可害苦了花匠，让他们糊里糊涂地蒙受了巨大的经济损失。

为何无心看花花早开，有心栽花花不开呢？

康乃馨

科学家在进行了多次实验后，终于发现美人蕉碎枝叶燃烧后产生的一种气体，能促使花儿早开；而康乃馨温室里用来照明的石油灯溢散出的，也是这种气体，却又抑制了花开。

这种奇异的气体，就是我们现在熟知的乙烯。

乙烯是一种植物激素，是水果开始成熟时产生的一种气体，能调节花儿的生物钟。如果一篓苹果中有一个成熟得最快，那它释放出来的乙烯会很快催熟其他苹果。但在一定情况下，乙烯又会抑制植物的生长。看来，自然界的很多事情总会弄得我们思维大乱——有可能获得意外之喜，又有可能遭遇飞来横祸。

在欧洲的一处风景幽静之所，有眼光的建筑商建起了舒适的别墅。原以为住进别墅里的居民会幸福地享受大自然的美景，没想到几年过后，别墅里的人都得了一种怪病——骨骼疼痛，常发生自然骨折，最后相继在痛苦的折磨中死去。

经法医鉴定，他们都是患了镉中毒症。在如此优美的环境里怎么会得这种怪病呢？其实，住在这里的人们有所不知，这个别墅位于300年前的一个锌矿所在地。当年炼锌的时候，只炼出了锌，那些共生的镉矿石被弃之不理。镉长年累月地污染着地下水，当饮用了这种含镉量过高的水，就会中毒。

无独有偶，1955年在日本富山县神岗矿区，也出现过一种奇怪的地方病——"痛痛病"。得病之初，村民们感到全身有轻微的疼痛。后来，疼痛渐如针刺。数年之后，骨骼严重变形，发脆易折，连轻微活动，甚至咳嗽都会引起骨折，这里的人们备受这种怪病的煎熬。后来，医生将病人的骨头做光谱分析，发现他们是镉中毒。时隔10多年之后，日本科学家依据调查材料找到了病因。在村子上游是神岗铅锌矿区，排出的含镉废水直接流向下游的小村落灌溉稻田，镉就污染了土壤和沿岸的水。于是，土壤里长出的水稻成了含镉量极高的稻米。人们常年吃这种稻米，也就患上了痛痛病！

镉中毒没有解毒剂，没有任何有效的根治方法，只能尽力减轻病人一辈子无法解脱的疼痛！

故事到此本可结束了，但还有一桩怪事实在难以割舍。

广西兴安县的小宅村自1981年以来，每到秋季，莫名其妙的火灾总是频频侵扰村民。村里的物品常常无缘无故地自燃起火，你在这边做着饭，身后可能就着火了。有时是多处同时起火，有时一天起火次数多达20次——人们叫它们"群火"。在野地里，稻草、干草、竹篱笆之类会自燃起火；在村中，茅屋、棉被、蚊帐、衣服、家具和贴在墙上的年画会自燃起火，严重的时候，甚至连湿毛巾也会起火。

村民们个个被弄得惊恐万状，疑神疑鬼的，惶惶不可终日。老人们说这是"鬼火"——可"鬼"在哪呀？

地质学家专门对小宅村附近的地质结构进行了考察。正如他们所料，这里硫黄矿产资源很丰富，在村外2 000米处正在开采硫黄矿。硫黄的粉尘散布在空气中，使村里总有一股刺鼻的气味。

硫黄粉尘颗粒很小，与空气充分接触，极易燃烧，这就造成了莫名其妙的"鬼火"。

类似的事件数不胜数，似乎我们在冥冥中被某个看不见的手掌握着。但随着一桩桩的怪事之谜逐渐被揭开，我们就会思考一个问题：到底是谁在戏弄我们？当然，以上人们遭遇的种种经历，都是受了化学物质的左右。就此断定是大自然戏弄了我们，恐怕有失公允，而真正戏弄我们的，是我们对化学物质特性的无知，对大自然的不尊重。崇尚科学、尊重自然，绝不应"纸上谈兵"，而应"立即行动"。

"媳妇"变"婆婆"之后

——从"禅师哑谜"到"克拉克定律"

"把人造地球卫星送上天，就可以实现全球卫星通信了……"一个"痴人"在"说梦"。

只要我们一打开手机，不是已经能把"喂，喂，你好……"清晰地送到全世界大多数地方了吗？只要我们一扭动旋钮，那遥远国度的精彩奥运比赛场景不是就映入我们的眼帘了吗？那怎么说是"痴人"在"说梦"呢？

原来，这个"痴人"是在距今 70 多年之前说的"梦"——1945年的时候，当然没有"卫星通信"，甚至连"人造地球卫星"也不知道为何物！因为 12 年之后的 1957 年，苏联才发射了世界上第一颗人造地球卫星。

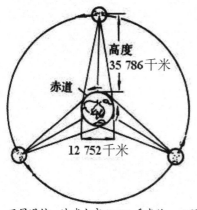

卫星通信：地球上空 35 786 千米处，三颗地球卫星以 3.07 千米／秒的速度运行。它绕地轴运动的角速度，和地球自转的角速度大小与方向都相同，相对于地球静止

看来，这个"痴人"还有先见之明呢！

是的，这个"痴人"于 1945年在英国的《无线电世界》上，就发表文章说："向地球赤道上空 36 000 千米的地方，发射三颗人造地球卫星，利用这样的卫星作为中继站。如果建立三个这样的中继站，就可以进行全球通信。"

"痴人"说中了。继 1960 年

8 月美国发射了试验性的无源通信卫星"回声 –1"号以后，1962 年 7 月，一颗带转发器的有源通信卫星——"电星 –1"号，从美国的卡纳维拉尔角发射升空。它以 1.1 万 ~ 1.8 万英里 / 时（1 英里

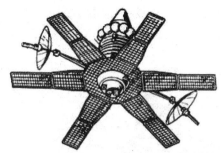

1965 年 4 月 23 日苏联发射的"闪电 –1"号

合 1.609 344 千米）的速度，在 500 ~ 3 000 英里的高度运行，160 分钟绕地球一周，能清晰地传送欧美之间的电视和电话信号。1963 年，"地球静止卫星"发射成功——它和"痴人"说的"梦"惊人地相似。

科学家们经过若干次试验之后，1965 年苏联发射的"闪电 –1"号实用通信卫星，已经能够传送 1 路电视节目和 60 路双向电话通话信号了。

这个有先见之明的"痴人"是谁呢？他就是有英国、斯里兰卡双重国籍的阿瑟·查尔斯·克拉克（1917—2008）。

作为科幻小说作家，克拉克的著名科幻小说《2001 年的宇宙奥德赛》（1969，奥德赛是希腊神话中设"特洛伊木马计"的人物）、《同拉玛的约会》（1973）等（共有 60 多部），在三四十年前曾经畅销。

《天堂里的喷泉》中译本

作为科学预言家，克拉克曾在 1959 年和别人打赌，说在 1969 年 6 月前后人类将首次上"广寒宫"去和"嫦娥"约会。果不其然，就在 1969 年 7 月 21 日，美国的"阿波罗"就载着阿姆斯特朗和奥尔德林踏上了月球的土地。让地球赤道上空的一颗地球同步轨道卫星放下梯子，以建立"登天之塔"——人类可以乘坐这个"太空电梯"，到近地宇宙空间去观光旅游，是他在 1979

年创作、1980 年出版的小说《天堂里的喷泉》中提出来的。当时，有人问他要多少时间才能实现这个"梦"，他回答说："在大家停止嘲笑之后的 50 年。"20 多年过去，当嘲笑他的人已经不多了的时候，美国国家航空航天局（NASA）就将"太空电梯"纳入"先进概念研究项目"中，并已经投入了几百万美元……

克拉克

克拉克还从事过天文学方面的高级研究工作，当过英国宇宙学会主席。

在 40 多年的科研、预言和科幻小说创作的过程中，克拉克积累了丰富的经验，并用定律和原理的形式总结出来。其中最著名的就是"克拉克定律"："如果一位年高德劭的科学家说某件事情可能是对的，那他极可能是说对了；但当他说某件事情不可能的时候，那他很可能是说错了。"

真的年高德劭的科学家"不可靠"吗？是的——科技史上俯拾皆是的事实，能够"用事实说话"。

1826 年，俄国青年罗巴切夫斯基（1792—1856）创立非欧几何后，得到的是权威们的淡漠、攻击和嘲笑——包括惯于向康斯坦丁王子献媚的马格尼斯基等人的压制和打击。

1874 年，22 岁的荷兰化学家范霍夫（1852—1911）提出了碳原子化学键的四面体立体结构学说。但著名的俄国化学家勃洛赫却对他进行尖刻的讽刺："范霍夫博士认为，坐在飞马（也许是从兽医学校租来的）上比较舒服。在那里，他可以向世界就原子在宇宙空间中的分布高谈阔论。"

1883 年，瑞典青年阿仑尼乌斯（1859—1927）提出了电离学说，但包括他的老师克列维（1840—1905）、俄国化学家门捷列夫（1834—1907）等一大群中老年权威，都极力反对。

中国"杂交水稻之交"袁隆平搞杂交水稻，当初也有某些老资格的中国科学院院士极力反对。

··········

可怕的是，当被包办婚姻坑苦了的"媳妇"熬成了"婆婆"的时候，"她"依然会"好了疮疤忘了痛"——毫不犹豫地包办女儿的婚姻。门捷列夫就当过这样的"媳妇"和"婆婆"。

1865年，英国青年化学家纽兰兹（1837—1898），把当时已经发现的61种元素，按原子量大小顺序进行排列的时候，发现从任一元素算起，每到第8个元素就和第1个元素性质相近。他把这个规律称为"八音律"，并由此制定了"八音律表"。但是，这具有元素周期律和周期表萌芽思想的发现，却受到英国老一辈化学家们无情的讥讽。例如，当他于1866年在英国化学学会上提出"八音律"的时候，英国化学学会会长福斯特（Foster）教授当场讥笑他："是否尝试将元素按它的符号字母次序排列，这样也许可能会得到更精彩的符合。"在这样的打击面前，英国化学会不可能发表他的论文，他只好放弃了进一步探索，转而研究制糖工艺去了。

直到门捷列夫的元素周期律得到公认之后，纽兰兹早于门捷列夫的发现才被承认，得到英国皇家学会在1887年颁发的戴维奖章。

同样，门捷列夫在1869年发现的元素周期律，也没有立即得到承认。例如，他的两位老师——"俄罗斯化学之父"沃斯克列森斯基和化学界权威齐宁（1812—1880），都说他"不务正业"。此时的门捷列夫，俨然是一个受气的"媳妇"。

当门捷列夫熬成了"婆婆"——他的元素周期律得到公认以后，他却又"欺负"阿仑尼乌斯和他的电离学说了！

由此看来，克拉克定律在科学界是一条金科玉律。对此，爱因斯坦说得更"刻薄"："专家只是训练有素的狗。"当然，他不是在骂人，而是说不要只模仿传承，还应该开拓创新。

那么，对于年高德劭的专家们的"不"，

纽兰兹

No.		No.		No.		No.		No.		No.		No.		No.	
H.	1	F	8	Cl	15	Co & Ni	22	Br	29	Pd	36	I	42	Pt & Ir	50
Li	2	Na	9	K	16	Cu	23	Rb	30	Ag	37	Cs	44	Os	51
G	3	Mg	10	Ca	17	Zn	24	Sr	31	Cd	38	Ba & V	45	Hg	52
Bo	4	Al	11	Cr	19	Y	25	Ce & La	33	U	40	Ta	46	Tl	53
C	5	Si	12	Ti	18	In	26	Zr	32	Sn	39	W	47	Pb	54
N	6	P	13	Mn	20	As	27	Di & Mo	34	Sb	41	Nb	48	Bi	55
O	7	S	14	Fe	21	Se	28	Ro & Ru	35	Te	43	Au	49	Th	56

纽兰兹的《八音律表》

年轻人怎么办呢？首先，要虚心听取，吸收其可取之处。其次，应该向阿仑尼乌斯、罗巴切夫斯基、门捷列夫和袁隆平那样，继续探索，直到"水落石出"；而不要像纽兰兹那样被"权威"们"镇住"，半途而废。此时，德国诗人兼哲学家歌德（1749—1832）的箴言极其有益："我们的忠言是：每个人都应该坚持走他为自己开辟的道路，不被权威所吓倒……"

德国数学家雅可比（1804—1851）则更风趣。他对一位主张没有全归纳的充分准备，不能从事科学研究的学生说："如果你父亲当初极力主张自己非遍识世界上的所有女子之后才选一个结婚，那他一定永远不能娶亲，而现在也不会有你了。"这个滑稽的例子，足以说明搞选题不能优柔寡断。

中国春秋末期的哲学家老子，则说出了极富哲理的话："道可道非常道。"出生在苏联的美国著名科普作家阿西莫夫（1920—1992）也说过类似的话："要是一种科学异说被公众忽视或指责，它就可能是对的。要是一种科学异说受到公众支持，它就几乎肯定是错的。"

门捷列夫

克拉克定律在德国物理学家普朗克（1858—1947）那里，被演绎得更为极端。普朗克在谈到老科学家对新发现的抵制的时候说："按照我的意见，一个新科学真理不能通过说服它的反对者并使其理解而获胜，它的获胜主要靠其反对者的最终死去而熟悉它的新一代的成长。"这段话常被人们称为"普朗克原理"。

虽然他的说法并不完全符合科学史的实际，但年龄和权威因素对科学的社会承认，确实有重要影响。对此，"媳妇"们应有足够的准备。

那么，年高德劭的专家们又应该如何对待克拉克所说的"某件事情"呢？正确的态度应该是，和他们一起探索，直到"打破砂锅"。

年高德劭的专家们"说某件事情不可能的时候，那他很可能是说错了"的原因，可以在下面的日本现代民间寓言"禅师哑谜"中找到答案。

一位年轻时对学术十分有研究的大学教授，发觉自己已不及他的几个刚刚走出校门的学生，预感到学术生涯正慢慢终结。苦恼的他，很虔诚地去请教一位禅师。禅师没有立即回答，而是在老教授面前的一只杯子里注水。水很快满了，但禅师却注水依旧。老教授提醒他："杯子已注满了。"禅师仍不停手，意味深长地对老教授说："难道你不能从中悟到点什么吗？其实，你所有的苦恼不就源于你的杯子太满了？"

教授恍然大悟——常常不自觉地为自己的杯子注入各种东西，却又不善于把杯子腾空清洗干净。久了，杯子就没有了容纳新东西的空间，使你的精神随之老化。满则溢，这个道理很简单——我们应该"吐故纳新"，让属于你的杯子更丰富，更绚丽。这正如管理大师德鲁克所说："……将不适合的衣服清理出衣柜，才能把更多的新衣服放进去。"

克拉克定律，有时也被称为"克拉克第一定律"，而"克拉克第二定律"，最早记载于他的科普著作《未来的展望》之中，被翻译者引申为：要发现某件事情是否可能有界限，唯一的途径就是跨过这条界限，跑到不可能中去。在《2001年的宇宙奥德赛》的谜一样的结尾中，克拉克描述了"克拉克第三定律"："任何非常先进的技术，初看都和魔法无异。"

杜瓦懊丧和龟兔赛跑
——"零和游戏原理"的魅力

拉姆齐

"1908年7月9日，荷兰莱顿大学的昂纳斯教授已经液化了氦气……"一位英国物理学家懊丧地写道。

这位英国物理学家是谁，为什么在别人液化了氦气之后他要懊丧？

1904年的诺贝尔物理学奖和化学奖很特别——因为大致相同的得奖理由，分别被两位同是物理学家与化学家的英国人独享，这在诺贝尔奖历史上绝无仅有。这个得奖理由，就是发现并研究了化学上的"单身汉"——惰性气体。得物理学奖的是瑞利（1842—1919），得化学奖的是拉姆齐（1852—1916）。他俩的合作研究，在1894年8月13日首先发现了第一种惰性气体——氩。次年，拉姆齐又发现了另一种惰性气体——氦。

从19世纪以来，科学家们为了研究各种物质在不同形态下的性质，就要液化气体；而要液化气体，就必须得到极低温。所以，瑞利和拉姆齐等欧洲科学家，以及我们这个故事的主角——英国物理学家、化学家詹姆斯·杜瓦（1842—1923）都在积极研究得到极低温的设备和方法。

1893年1月20日，杜瓦宣布发明了一种低恒温装置——后来被称为杜瓦瓶。1898年，他就用它达到了20.4 K的极低温，液化了氢气。接着，他在次年又成功地在 14 K 的极低温下，首先把氢气变为固体，并靠抽出固态氢表面的蒸气将低温推进到 12 K。这些成就，领先了荷兰物理学家昂纳斯（1853—1926）好几年。但是，杜瓦要继续前进，却遇到了不可逾越的障碍！

原来，要进一步接近 0 K，就必须液化氦气，而当时唯一拥有大量氦气的是杜瓦的合作者，也是对手——拉姆齐；但是，两个人在此前却已闹翻了脸！

杜瓦没有大量氦气，不得不用温泉小气泡中不纯的氦气进行实验。由于氖的凝固点比氦高（实际上至今科学家们还没有制得固态氦——甚至猜测氦没有固态），所以混在氦气中的氖气在冷却中总是先变成固体，堵塞实验仪器的阀门和管道，结果屡遭失败。

拉姆齐缺乏高质量的取得低恒温的装置，也收效甚微。

就这样，他们双双败在异国他乡的竞争对手昂纳斯面前。这就有了故事开头杜瓦懊丧地写下的那段话——在他 1908 年的论文《最低温及有关问题》的附注之中。

不但如此，杜瓦也眼睁睁地看着 1913 年诺贝尔物理学奖被昂纳斯一个人"抢"去。

此时，我们想起了龟兔赛跑故事的新老版本。

话说兔子在输给乌龟之后，及时调整了心态和战略——当然，一下子就轻松得胜了。

失利后的乌龟也不示弱，就在路上设了一条河。比赛结果当然很明显——先到达河边的兔子被河水挡住，眼睁睁地看着乌龟慢吞吞地爬到终点。

接着，兔子也不傻——在路上挖了一条深沟。跌到深沟的乌龟怎么也爬不上去，可兔子一跃而过，率先"冲线"。

最后，乌龟和兔子都累了，就一起商量，乌龟对兔子说："我们还是别继续这样斗下去

杜瓦

了，你背我跃过深沟，我背你过河，来一个'双赢'。"

双赢——一个现代人经常挂在嘴边的词语。要是100年前杜瓦和拉姆齐都懂得它，也许昂纳斯就不会后来居上，他们也就不再懊丧了。

双赢，来自"零和游戏原理"。"零和游戏"是指在一项游戏中，游戏者有输有赢，一方所赢的正是另一方所输的——输赢的总和永远为零。

零和游戏原理之所以广受关注，主要是因为人们在社会的方方面面，都能发现与零和游戏类似的局面——胜利者的光荣和甘甜后面，往往隐藏着失败者的辛酸和苦涩。

由于20世纪人类在经历了两次世界大战、经济高速增长、科技迅猛进步、全球一体化以及日益严重的环境污染之后，零和游戏观念正逐渐被双赢或"多赢"观念取代——人们开始认识到"利己"不应该建立在"损人"的基础上。早已进入"大科学"时代的人类通过有效合作，"皆大欢喜"才是明智的选择。那种"独剑单骑闯天下"而取得成功的，已经越来越少，更多的是合作发展——例如，像美国制造第一颗原子弹就有15万人参与合作，以及"阿波罗登月"有42万人合作的"大兵团作战"，已经屡见不鲜。而在今天，则是建立"人类命运共同体"。

当然，从零和游戏走向双赢，就要求各方有真诚合作的意识和勇气，在合作中不要要"小聪明"和总想占别人的便宜，要遵守"游戏规则"。否则，双赢就依然是水月镜花——最终吃亏的，还是合作者自己。

北极动物的"趋同现象"
——"伯格曼法则"和"艾伦法则"

每当提到北极熊，我们就会想到它那圆滚滚的身体、粗短的四肢、小小的耳朵和退化了的尾巴，太可爱了——不太像其他地方的熊。

其实，北极的其他动物也都像北极熊一样特别的可爱——比其他地方的同一类物种要肥大一些，样子也有很大的差异。

不是吗？北极狐狸耳朵小而圆、嘴巴短、脸圆——很像南方的野猫。在世界的其他地方，你是找不到圆脸狐狸的。北极狼不仅比温带地区的狼个子大，而且也要肥一些，身体更接近球形。西伯利亚虎不仅比孟加拉虎大得多，而且也是所有猫科动物中个子最大的。北极野兔的身子比南方的同类大，但它们的耳朵和四肢要短小得多。最明显的也许是北极的麝，它们的躯体十分魁梧，但耳朵特小，四肢奇短，几乎没有尾巴，看上去圆鼓鼓的，极不相称，不伦不类的样子有点滑稽。更逗人的是，北极的苍蝇个大无比，圆圆的身子，飞起来像一架

北极熊

北极狐狸

B-52型轰炸机。

那么，同一类物种生活在不同的地方，为什么体型、个头有如此大的差异呢？

德国解剖学家、生理学家、生物学家卡尔·乔治·卢卡斯·克里斯蒂安·伯格曼（1814—1865）在经过大量

北极狼

实地观察、研究比较不同的物种之后，在1847年发现同一个温血物种，在越冷的地方个体越大，而且越接近于最简单的球形——所以我们经常看到南北极动物们"胖乎乎"的身躯。这就是"伯格曼法则"。伯格曼认为，寒冷的气候不仅能延缓恒温动物的生长速度和使它们演化成球形，而且也延缓了性成熟的时间，所以就出现了这种现象。

1877年，美国动物学家、鸟类学家乔尔·阿萨夫·艾伦（1838—1921）对伯格曼法则做了有趣的补充：同一种温血动物，在越冷的地方，它的四肢和"附加器官"——例如耳朵和尾巴，也越短小。这就是著名的"艾伦推论"或"艾伦法则"。艾伦认为，动物的这些器官就像散热片，越短小，散热也就越少——就像我们在冬天睡觉会蜷缩成一团减少散热面积那样。

总之，伯格曼和艾伦认为，寒冷地方温血动物的"胖乎乎"形态，就是大自然使用"奥卡姆剃刀"的结果——在体积相等的物体中，球形的表面积最小（这是伯格曼法则的数学基础），从而使散热面积减少而保持相对恒定的体温。所以，一些人把伯格曼法则和艾伦推论，看成"奥卡姆剃刀"的"变种"。

艾伦

伯格曼法则还有一个物理基础：同种物质构成的物体，体积愈大，热容量就越大，温度降低的速度就越慢——就像一桶水比一碗水冷得

慢那样。

于是，有人把伯格曼和艾伦发现的现象，戏称为"上帝喜欢节约"。

要验证伯格曼法则，在北极找证据真是太容易不过了。例如，西伯利亚的北极旅鼠平均长 10 ～ 11 厘米，而往南一点分散在北极边缘地区的旅鼠身长却只有 8 厘米。北极兔子平均长 90 厘米，而纬度低一些的苏格兰的同一种兔子，平均只长 70 厘米。另外，北极狐狸也比沙漠地区的狐狸大。

要验证艾伦法则，也可以在北极找证据。虽然北极燕鸥在形态上与广泛分布在温带地区的普通燕鸥相似，但腿部却要短得多。

动物能有效保暖的原因，主要还不是依靠体积或外形，而是靠其自身的超级"保暖衣"——厚绒密毛和皮下的脂肪层的极好绝热性。例如，麝牛之所以能在 –50 ℃的"刺骨寒风"和"飘飘白雪"中悠然自得，就得益于此。每到秋天，麝牛身上的内绒就会长出细长的毛丝。等到气温下降或寒风袭击的时候，这双重的绝热层使它甚至直接躺在雪地上，身下的积雪也不会融化。又如，美国物理化学家马尔利姆·亨利用扫描电子显微镜发现，北极熊的白毛像一根根空心管子，让紫外线等通过，从而把照射在它身上的阳光（包括紫外线）几乎全部吸收来增加自己的体温。

与此同时，却决不能忽略体积或外形减少的那些热量——它们有时像"平衡天平上的苍蝇"，决定着动物们的生死存亡。

实际上，伯格曼法则在人类中也不乏其例。北方的中国人，通常个头就比南方人高大；生活在更靠北的俄罗斯人，个头比北方的中国人还要高大。

也许有人会问："如果以此类推，生活在北极的因纽特人或西伯利亚人岂不是比俄罗斯人还要高大吗？他们的个头却怎么和我

狐狸头体现艾伦推论

们差不多呢？"是的，但这是其他原因引起的——可能是因为我们拥有相同祖先的缘故，他们进入北极最多不过几万年，所以仍然拥有着和我们大体相同的基因。在因纽特人中的陶塞特人可能是一个例外——从遗留至今的传说来看，他们可能相当高大。也许，正是伯格曼法则在他们身上发挥了作用。可惜的是，他们没能生存到今天，所以这种传说是否正确也就无从证实了。

读者朋友，你曾为自己个子矮小而抱怨我们的祖先吗？想必绝对不会——这是自然选择的结果，是环境气候等影响的结果。

其实，在某种意义上说，伯格曼法则和艾伦推论可以引申出"节约原则"——我们常说用"精兵简政""裁冗减员"来节约开支，就是实例。

1937 年，德国动物学家、生态学家理查德·黑塞（1868—1944）又把伯格曼法则扩展为黑塞法则，也叫心脏重量法则：居住在寒冷气候下的物种，与居住在温暖气候下的、体重相同的密切相关的物种相比，心脏更大。

伯格曼法则通常适用于哺乳动物和鸟类恒温动物，一些研究人员还发现也适用于冷血动物，但都有例外。

"公主"失事和关岛怪病
——不可忽略的"富集效应"

1878 年的一个夏日，伦敦的泰晤士河上和往常一样安宁——豪华的"爱丽丝公主"号游艇悠闲地缓缓驶过。

突然，船身猛烈震动起来——一艘莽撞的驳船和它"亲密接吻"。游艇的右舷被撕开了一个大口子，很快就沉了下去。幸好，成功的救援使当时很少人员伤亡——"爱丽丝公主"号上有很好的救生设备，落水者一般都套上了救生圈；河两边的许多泊船也都立即开过来救人。

第二天报纸却登出了读者简直不敢相信的消息："昨天泰晤士河上发生惨案，'爱丽丝公主'号沉没，死亡 640 人！"怎么可能死这么多人呢？更使人吃惊的是接下来的连续报道——落水者不是被溺死，而是中了污染河水的毒而命丧黄泉的！

在历史上，泰晤士河曾经是一条迷人的美丽河流，可是，到了 19 世纪，来自各工厂源源不断的废水和大量城市生活污水，把它污

泰晤士河上的伦敦桥（即塔桥）和游轮

"倒挂金钩"的狐蝠

染得污浊不堪，成为一条"死河"。其中一段长达40千米的河域，根本就找不到任何鱼虾的踪迹。1856年夏，河水的污染达到了骇人听闻的程度，使得坐落在河边的议会大厦的窗户不得不挂起一条条浸透了消毒药水的窗帘——阻挡不堪忍受的奇臭。

说了伦敦的"公主"，再来说太平洋上关岛的蝙蝠。

第二次世界大战快结束的时候，就发现关岛上的查莫罗人患老年性痴呆类疾病，比其他地方的居民高出100倍。例如，一种叫"全身性肌肉萎缩症"的关岛怪病，会造成患者肌肉萎缩无力、瘫痪、痴呆以致死亡。以乌塔麦克村为例，在1944—1953年间死亡的人之中，有1/4～1/3，都是因为得了这种怪病。可长期以来，就是找不到原因。

直到2003年，这种怪病的病因，才被卡拉锡尔夏威夷国家热带植物园的民族植物学家保罗·阿兰·考克斯和同事们，以及美国著名神经学家奥利弗·萨克斯找到。他们认为，原因是查莫罗人对当地的一种蝙蝠——以苏铁种子为主要食物的狐蝠"偏爱"有加。

查莫罗人是如何"偏爱"狐蝠的呢？把这种美味吃掉——他们吃狐蝠的历史久远。

那么，吃狐蝠怎么就会得怪病呢？

凭着直觉，考克斯对博物馆保存的第二次世界大战时期的狐蝠样本进行了检测。结果发现，当地的狐蝠体内充满神经毒素——来源于被狐蝠食用的苏铁类植物的种子。很显然，这些狐蝠没有受到影响，但是食用了满含毒素的狐蝠肉的人，却患了病。

那么，伦敦泰晤士河使640人丧生的污水和关岛的怪病，说明了什么问题呢？

其实，这是一种生物"放大"作用——我们称为"富集效应"。对这些有毒化学物质在食物链（food chain）各环节中的毒性"渐进"现象，考克斯举例说："我们知道，日本人曾因吃了体内积聚汞的鱼类而中毒，而食用太多乳草属植物的黑脉金斑蝶一旦被以之为食的哺乳动物食用，食用者就会引发心搏停止。"

富集效应的实例随处可见。例如，有科学家曾测到一种汞浓度为海水中汞浓度 10 万倍的鱼——有的科学家估计，这个数字有可能达到 100 万倍！

这种富集不难理解。例如，像包括汞、铅、镉这类有害重金属，是不容易排出生物体的，于是它们就越集越多；如果另外的生物把它吃掉，有害重金属就会呈几何级数增长。据生物学家测定，当海水中汞的质量浓度为 10^{-7} 克 / 升的时候，喝海水的浮游生物体内的汞浓度可以达到 $10^{-6} \sim 2 \times 10^{-6}$ 克 / 升。然后，这个食物链内的生物体内汞的质量浓度（以克 / 升计）依次上升：小鱼虾 $2 \times 10^{-4} \sim 5 \times 10^{-4}$，中等鱼 $10^{-3} \sim 5 \times 10^{-3}$，大鱼 $10^{-2} \sim 5 \times 10^{-2}$。你看，这就上升到了 10 万到 50 万倍！

其实，许多毒物都会富集。一项测试表明，海水中 DDT 的质量浓度仅 5×10^{-11} 克 / 升——不能造成任何危害。但是，在浮游植物、蛤蜊、银鸥的体内 DDT 的质量浓度（以克 / 升计），就分别依次富集为 4×10^{-8}、4.2×10^{-7}、7.6×10^{-5}——总共上升了 100 多万倍！

人类食用的动植物体内，也严重地存在这种富集。例如，我们吃

蜈蚣草   蜈蚣草的叶片

的许多食物中，多少都含有我们随手扔掉的一节含汞电池中被它们富集的汞。有人还按富集程度的大小，排出了镉含量的顺序：芹菜叶＞菠菜＞莴笋＞大白菜＞油菜＞小白菜＞芹菜茎＞韭菜＞茄子＞圆白菜＞黄瓜＞菜花。

对于毒物的富集效应，我们既不要谈"富"色变，又不要掉以轻心而放弃防治。从富集毒物的源头开始——例如用无铅汽油、严禁排放超标污水、不乱扔含重金属的废旧家电，到"以其人之道还治其人之身"——例如种植或发现能降解毒物的植物或菌类，再到培养"替死鬼"——例如种植富集重金属能力比其他植物高出二三十万倍的蜈蚣草。

当然，在制服毒物的富集效应的"高科技"还没有诞生之前，最好的还是——管住我们的"好吃嘴"。

不过，富集效应并不都是坏事——有益的富集被称为"优势富集"。这也被应用在许多领域。

截至 2019 年 4 月，富集人才的英国卡文迪许实验室产生了 29 位诺贝尔奖得主。其中首位是独享 1904 年诺贝尔物理学奖的英国物理学家、化学家瑞利（1842—1919）爵士，末位是独享 1982 年诺贝尔化学奖的英国（出生在立陶宛，拥有过南非国籍）化学家、生物物理学家艾伦·克鲁格（1926—2018）爵士。

动物也有"作息时间"
——有趣的"生物钟"现象

落日的余晖渐渐隐去，接下来是夜色朦胧。仿佛号角吹响，突然千万只蝙蝠一下子从古庙阴暗的角落、湿漉漉的山洞或者密不透光的树丛里"比翼齐飞"。正是："黄昏到寺蝙蝠飞。"与此同时，猫头鹰凄厉的鸣声"催人泪下"……

千万只蝙蝠齐飞

只要你继续留意，就会发现——这一切总是发生在每天的几乎同一时刻。

想当有心人吗——请继续留神。

你还会发现，动物都会"按时起床"。东方欲晓，公鸡一跃而起——首先"引吭高歌"。接着，鸭群苏醒——争先恐后地"嘎……嘎……"隔了一会儿，白脸山雀醒来了——鸣声尖锐清越像带有颤音的笛声。没多久，麻雀也——"叽叽喳喳"……

真是一派"太阳光，晶亮亮，雄鸡唱三唱。花儿醒来了，鸟儿忙梳妆"的景象。

奇妙呀——大自然为每一种动物都安排了一张"作息时间表"。

猪、牛和羊等家畜，总在白天活动。可是，猫却喜欢在白天睡大觉——每当夜幕降临，家畜开始入睡的时候，猫才伸伸懒腰，活跃起来了。鼯鼠的"作息时间"和猫类似——白天呆树洞里，夕阳西下后才钻出来活动，在树林里张"翼"滑翔捕食，一直忙到"东方

鼯鼠和它的"树洞家"

欲晓"……

更绝的是，一些动物还能"准点报时"呢！

在美国加利福尼亚州一个奇特的农场里，100个"职工"——毛驴，承担了所有的农活。有趣的是，到了中午12点，所有的"职工"都"准时下班"——谁也无法强迫它们继续干活。而到了下午6点，它们又会分秒不差地——"准时上班"。

危地马拉的第纳鸟，每过30分钟就会"叽叽喳喳"地叫上一阵子——误差只有15秒；因此当地人就用这叫声来作为推算时间的"鸟钟"。在非洲的密林里有一种"12时虫"——每过一小时就变换一种颜色：淡红、草绿、金黄、灰色……当地人就把它捉回家，当成看颜色推算时间的"虫钟"。在中国黄海的一个小岛上的驴，每隔一小时就"嗷嗷"地叫一次——误差只有3分钟，被当地人称为"驴钟"。

更为神奇的是，动物不光是知道钟点，还知道日程呢！

燕子每年都要进行一次长途旅行。白雪皑皑的冬天，燕子南飞——到南洋群岛、印度和澳大利亚等地避寒。春暖花开的时节，它们又成群结队地北上——早春2月到了广东，3月到达福建、浙江及长江下游，4月初可以在秦皇岛看到它们的踪迹。

北半球漫长的冬天开始以后，成百头灰鲸告别北冰洋，游行1万千米横渡浩瀚的太平洋——"拜访"墨西哥的下加利福尼亚半岛沿海。一年一度，从不"失约"——在2月初到达，最多相差四五天。

灰鲸

最奇妙的，要算生活在海滩上的琴师蟹即招潮小蟹了——因为雄蟹有一只巨大的螯，看上去就像正在拉小提琴的琴师而得名。白天，它藏在暗处——身体的颜色变深；夜晚，它们四处活

琴师蟹

动——身体颜色变浅。人们发现，琴师蟹体色最深的时间，每天会推迟 50 分钟——而大海涨潮和落潮每天也恰好推迟 50 分钟！看来，琴师蟹与大海之间，还真有"默契"。

在每年 5 月的月圆以后，闪闪发光的银鱼，总是会不失时机地被美国太平洋沿岸出现的一次最大的海潮冲上海岸——完成传宗接代的任务之后，随着海浪回归大海。

…………

为什么燕子和灰鲸的长途旅行这么准时？为什么银鱼从不错过这一年一度的大好时机？究竟谁向动物报告了时间？

原来，在动物的体内有一种类似时钟的物质——"生物钟"。

那么，生物钟是在动物体内的什么部位？它们又是怎样起作用的？这是科学家正在努力探索的问题。一般认为，生物钟是通过激素或中枢神经系统起作用的——类似于古代计时的漏刻，或物理学中具有周期性变化的振荡器。当然，不同动物的生物钟位置不一样。

低等动物也有自己的生物钟。草履虫的生命中枢——细胞核的大小，在一天内会发生周期性的变化——中午 12 点最小，以后逐渐增大，到夜间 12 点变得最大。

深入研究的结果表明，细胞中的 DNA 在一天的不同时间里，会制造出不同种类的蛋白质。由于细胞的各种活动，与细胞在一天的不同时间里所具有的蛋白质有关——所以细胞的活动也就有了一定的生命节律。由此看来，生物钟也许是生物细胞的基本组成部分。

蟑螂是众所周知的"夜行侠"。目前人们已经在它的咽下神经节

找到了控制生物钟的物质——一群神经分泌细胞，位于神经节的侧面和腹面。它们有规律地生成控制蟑螂活动的激素，使它"昼伏夜出"。

一种绿蟹的眼柄被摘除之后，体色随昼夜变化的规律就消失了——它的生物钟就在眼柄中。

近年来发现，鸟类和哺乳动物的生物钟，就在脑的下方的松果体里。例如，摘除一只麻雀的松果体，它每天的活动周期就消失了；而把别的麻雀的松果体移植进去，它的活动周期就恢复了。

蜜蜂依靠生物钟来决定何时采蜜。它的生物钟结构不像其他昆虫而更像人类，这是耶路撒冷的希伯来大学生命科学研究所盖伊·布洛赫等人，在 2006 年的研究成果。这个使他们"大吃一惊"的发现，还没得到圆满的解释。

生物钟为人们提供了控制禽畜生长和繁殖的有力武器。例如，人们从"夏天母鸡产蛋多"得到启发，延长白天的时间可以让母鸡多产蛋。于是用明亮的人造光源照射母鸡可使其多生蛋。又如，人们从"缩短黑夜时间利于牛、羊发情"的规律中，得到增加它们的交配次数、加速繁殖的方法。

蟑螂

对生物钟的研究，还为人们控制害虫提供了有益的启示。例如，科学家正在研究如何调整蚊、蝇和农业害虫的生物钟，使它们在缺少食物、温度极不适宜的季节成熟，以大幅度地减少它们的危害。

在使用杀虫剂的时候，一种奇怪的现象引起了人们的注意——相同浓度的一种杀虫剂，在一天的不同时间里却有着不同的杀虫效果。例如，用除虫菊灭蝇，下午 3 点特别有效；而用它来杀灭蟑螂，则下午 5 点半最有效。看来，这又是生物钟在起作用。显然，将生物钟的知识用于控制虫害，既有助于节约药物和时间，减少环境污染，又能达到最大的杀虫效果。

其实，植物也有生物节律。例如，阿根廷的一种野花，每到初夏晚上8时左右就纷纷开放，成了"花钟"；由于此时正当青年男女约会，所以人称"情人花"。马来西亚有一种名叫"新宝"的树，每天凌晨3时开花，次日下午4时落瓣，从不误时；据说，这台"树钟"按时花开花落，至今已有100多年了。其实，在我们的身边，也可以看到植物的生物节律：蚕豆白天张开的叶子，晚上是下垂的——豆科植物都有的24小时周期睡眠节律。

植物的生物节律也可以改变。例如，一种灯照菊花，就可以从夏末开始的每天傍晚对它用电灯照射，抑制它的花芽发育，到适当的时候停止人工光照，让它发芽。现在流行的"大棚蔬菜"，也用了类似的方法。

野花也会准时绽放

三里岛何出核事故
——人体的生物节律

"出事啦！出事啦！"

1979年3月28日凌晨，美国三里岛核电厂的2号机组正接近满负荷运行。突然，一阵紧急呼叫，几乎盖过了机器的轰鸣。

原来，由于蒸汽发生器的冷却丧失，核反应堆和汽轮机自动停止运行，三个辅助给水泵自动起动。因为给水管上的阀门在检

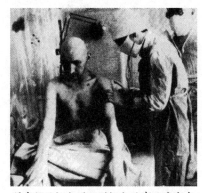

紧急救治切尔诺贝利核电站事故受害者

修之后忘了打开，蒸汽发生器得不到必要的冷却，致使蒸汽发生器烧干而不能冷却一回路系统的冷却剂。一回路系统的温度和压力上升，使得卸压阀自动打开，但是这个阀门却没有回座，造成一回路1/3多的冷却剂（约121立方米）从系统中流失，造成失水事故。在事故发生之后两分钟，应急堆芯冷却系统投入运行，将新的冷却水注入一回路系统。然而，电厂运行人员错误地认为一回路系统已经注满了水，就在几分钟后关闭了高压应急注入系统，导致核电厂堆芯开始过热熔化。

在事故发生128分钟之后，运行人员才发现稳压器阀门是打开的，急忙关上阀门，反应堆冷却剂的流失停止了。在事故发生大约3.5小时之后，大量高压冷却水注入，堆芯过热熔化才结束了。

美国三里岛核事故，是当时商用轻水堆核电厂最严重的事故——

反应堆堆芯严重损坏，部分堆芯熔化，4 人受到轻微过量的 γ 辐射，好在没有人员伤亡。按照国际核事件分级表，这次事故被定义为5 级——有场外危险的事故。

当然，此前也发生过几次核事故。例如在 1961 年 1 月，美国爱达荷州的一座 3 万千瓦实验沸水核反应堆（不是商用核电厂），也曾因蒸汽爆炸引起核辐射泄漏，使 3 人当场死亡。

那么，三里岛核电厂的这些操作人员，为什么会犯这样的"低级错误"呢？

后来，经过美国研究人员调查证实，有 8% 长期上夜班的工人因睡不好觉而影响健康，而在每个星期都轮班的时候，更有多达 60%的人在上班的时候打盹或注意力不集中。这次三里岛事故，以及1986 年 4 月 26 日 1 时 23 分发生的苏联切尔诺贝利核电站事故，都发生在后半夜——也是工人打盹或注意力不集中造成的。切尔诺贝利核电站事故，使 203 人得了严重放射性疾病（其中 31 人死亡），厂房被严重破坏，环境污染使附近居民遭到核辐射，直接经济损失超过20 亿卢布。

那为什么这些操作人员会在上班时出现这种状态呢？原来，是人体内的"生物钟"运行到了他们的"低潮期"（或称"危险期"）上。

20 世纪初，德国柏林著名内科医生威尔赫姆·弗里斯和奥地利维也纳的心理学家赫尔曼·斯瓦波达，通过长期的临床观察，发现病人存在着一个以 23 天为周期的体力盛衰，以及以 28 天为周期的情绪

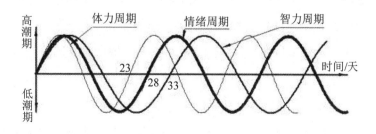

人体的体力、情绪和智力曲线——人体生物三节律

波动。大约 20 年后，奥地利因斯布鲁克大学教授阿尔弗雷德·特尔切尔，在研究了数百名高中生和大学生的考试成绩后，发现人的智力以 33 天为波动周期。这就是所谓"月生物钟"。据此，科学家把这三种周期（统称"人体生物三节律"）描绘在同一个坐标系上，绘制出一幅揭示人体生物月周期的波浪形曲线图——体力、情绪和智力的曲线图。

根据这个曲线图，就可以找出体力、情绪和智力的低潮期，避免在此时让操作人员进行重要工作。事实上，美国科研人员试验把他们的工作时间调整了 9 个月之后，生产效率提高了 20%。

具体是这样考虑的。上述三个周期的一半称为"临界日"，即体力、情绪、智力周期的临界日分别为 11.5 天、14 天和 16.5 天。周期从出生之日算起。临界日就是人的危险期，"双临界日"（两种临界日重叠）危险更大，"三临界日"（三种临界日重叠）危险最大。所以人应避免在临界日（特别双、三临界日）办重要的事情，以免发生不测。

在人体内部发现的诸如智力、情绪、体力等呈现周期性变化的规律，就是受生物钟控制表现出的必然规律——"生物节律"。

在人体内部，还有"日生物钟"。日本科学家发现，人的日生物钟周期是 24 小时 18 分——与时钟不同步。科学家们发现，人体内形形色色的生物钟有 100 多种。

科学家还发现，动物和植物也有生物钟。一些动物的"日生物钟"周期是 23 ~ 26 小时（例如果蝇以 24 小时为周期），而一些植物是 22 ~ 28 小时（例如某些植物的花朵开放和闭合，都以"1 昼夜"为周期）。

为什么人和其他生物都有生物钟而呈现生物节律呢？原来，生物体内存在着"钟基因"（clock gene）—— 一种计时基因。钟基因编码的蛋白浓度每天 24 小时循环升降，可规范不同的活动，如睡眠、进食和其他新陈代谢的基本功能。科学家从哺乳动物、昆虫及人类身体内部找到了钟基因——这些发现，证明钟基因是自古就保存下来的。

目前，生物钟和生物节律还有许多奥秘没有揭开。

例如，人的生物钟在哪个部位？许多人认为位于视交叉上核（简称SCN）：左右眼伸出的视神经细胞，在脑底部相互交叉，交叉点上方有一组神经元细胞集团，这就是生物钟所在位置。也有的说在其他部位。例如，1998年的一期《科学》杂志，刊登的美国康奈尔大学康贝尔和莫裴

人体的生物钟在哪里？

的报告指出，人体生物钟位于膝盖后方部位。又如，在21世纪初，美国北卡罗来纳州大学的科学家发现，哺乳动物的眼、皮肤、脑内的一种被简称为CRY的色素控制着生物钟，它通过吸收太阳的蓝光，将信息传到大脑，继而引发身体内各种生理反应，例如身体温度、血压、精神状况等。由于这种CRY色素不单只是在眼睛内，而且也散布在皮肤上，因此，视力有问题的人，他们的生物钟也会受阳光影响。此外，人造光线会扰乱生物钟。科学家也在植物中发现了CRY色素。探索生物钟有许多实际用途。例如，用于医药：吃药要讲究时辰，这不是迷信，而是研究了人体生物钟与药物疗效之间的关系之后得到的结论。又如，常被称为"冬季抑郁症"的季节性情绪失调（SAD）——因为多发于冬季少见阳光的高纬度地区而得名。虽然SAD的病因至今没有定论，但一般都认为和生物钟有关。

又如，生物节律是不是受地球周期性运动的影响？这个问题，也没有确定无疑的答案。

人体的生物钟在这里？

生物钟对人体健康长寿和提高劳动生产率，有非常大的影响。例如，法国作家巴尔扎克（1799—1850）经常通宵达旦地写作。奥地利作曲家莫扎特（1756—1791）的创作时间是在晚上——他的著名歌剧《唐璜》，就是在一个夜晚写成的。俄国化学家门捷列夫（1834—1907）等也

都是在晚上工作的。与此相反，法皇拿破仑（1769—1821）则从早晨3～4点就开始了一天的工作。德国剧作家兼诗人伯托尔德·布莱希特（1898—1956），也喜欢在清晨写作。为了延长人的寿命，科学家们一直在进行如何"拨慢"生物钟的探索。

又如，2008年的一期《普通精神病学》月刊，发表了加拿大多伦多大学科学家们的研究成果：他们找到的一种在一年四季中活跃程度不同的微型蛋白质粒子，会在光照不足的季节清除脑细胞中的"快乐荷尔蒙"5–羟色胺，使人变得抑郁消沉而有害健康。

人体生物钟无法适应非24小时长度的昼夜节律，这对很多从事非24小时循环工作的人来说不是一件好事。比如宇航员，因为在太空中往往是23.5小时为一天，探索火星的宇航员们将会以24.65小时为一天。美国国家太空生物医学研究所人类行为研究组，正试图发现对抗法，帮助人们适应变化了的昼夜长度。

2017年诺贝尔生理学或医学奖授予三位美国科学家杰弗里·霍尔（1945—）、迈克尔·罗斯巴什（1944—）与迈克尔·杨（1949—），以表彰其在生物钟方面的研究成果——"发现了调控昼夜节律的分子机制"。其主要内容是，发现了决定生物钟的三个主要基因：PER、TIM、DBT这三个蛋白基因，其中DBT蛋白对PER蛋白积累的延迟作用，让人体生物钟为24小时。为此，他仨均分了900万瑞典克朗（约合人民币740万元）的奖金。于是，媒体把他仨的成果做了"最接地气的解释"——"不要熬夜"，并戏称为"四个字值740万"的"健康忠告"。

杰弗里·霍尔　　迈克尔·罗斯巴什　　迈克尔·杨

保护的凯白勃鹿为何消亡
——有趣的"食物链效应"

在一个海岛上，住着狐狸和野兔。狐狸吃野兔，野兔吃翘摇草。当翘摇草生长旺盛的时候，野兔就多，狐狸也容易得到美餐，总数也就多了起来。但是，当狐狸数量多到没有足够的野兔充饥的时候，就会因饿死和相互间的残杀而使总数减少。狐狸数量一减少，野兔相对就安全一些，总数又会增多，这又会引起狐狸总数新一轮的增加……

美洲狮

这，就是生物之间弱肉强食的斗争但是又依存的关系——"食物链效应"。

不单是前面提到的海岛上有"食物链"，地球上每一个有生命的地方都存在类似的食物链，而且还和我们人类密切相关呢。如果不进行研究，还会引出悲剧——下面的凯白勃鹿事件，就是其中之一。

凯白勃鹿——一种体态优雅、性情温驯，深得旅游者喜爱的鹿科动物。它的老家，在美国亚利桑那州广袤的草原上。在这个草原上，凯白勃鹿最大的天敌是美洲狮和狼——只要它们高兴，就可以随意取用鹿肉。

狮与狼的捕猎，大大促进了鹿的奔跑速度，使得那些强壮、动作敏捷而速度飞快的鹿，才有更多的生存机会。所以，千百年来，在这个州的凯巴伯森林中，凯白勃鹿的数量一直保持在 4 000 ~ 4 500

头。狮、狼、鹿和草原，处在一种良好的自然生态平衡状态之中。

狼

凯白勃鹿有较高的经济实用价值，在当地是重要的支柱产业。精明的美国人，一直希望鹿群的数量能迅速增加。于是，在 1906 年，西奥多·罗斯福（1859—1919）总统（1901—1909 在任）宣布，凯巴伯森林为全国狩猎保护区。同年，美国亚利桑那州也通过法律形式把本地森林保护区变为狩措保护区，禁止所有的人员持枪进入捕杀凯白勃鹿。

开始几年，凯白勃鹿倒是"鹿丁兴旺"，但好景不长——数量并没有因为美国人的"特别关照"而增加。

这，又是为什么呢？

精明的美国人不得不重新分析问题，终于找到了影响鹿群数量增长的决定性因素——鹿是那些狮和狼吃掉的。于是，人们就推行"杀狮狼，保鹿群"的计划——枪打、毒饵、火烧、网捕、陷阱、炮轰……

就这样，在短短的十几年时间内，由于持续不断的捕杀，到了1925 年，美国人取得了捕狮 1 500 头、杀狼 3 100 头即 99.9% 的狼的"辉煌"战绩。

美洲狮与狼的悲惨遭遇，换来了凯白勃鹿"幸福而悠闲"的生活——从此不再"担惊受怕"，许多新生代不知美洲狮为何物，在美丽的大草原上，尽情地享受着"绿色植物的甘甜"。由于有众多的母鹿，每头公鹿也没有必要为了争夺交配权而进行伤害性的格斗——基本上实现了"一夫一妻制"。就这样，鹿群以每年 20% 的速度迅速增殖，1925 年数量就达到了惊人的 25 万头——差不多是原来的 60倍。那些利用鹿来赚钱的人，终于心满意足，以为可以稳稳地"发大财"了。

然而，再往后，一个意想不到的结果出现了！

由于草的生长速度，远远低于被众多的鹿啃吃的速度，就大批死亡，土壤也越来越贫瘠——原先的"绿草如茵"，几乎变得"寸草不生"。而且，越来越高的树叶也经不住它们的吞食而荡然无存——树木因此而枯死。就这样，生态环境遭遇到了空前的破坏，沙漠化的迹象开始出现。冬天，寒雪封住了草原上最后的稀疏草皮，大批的鹿没有足够的草料过冬。当"迟到"的"春风吹来的时候"，这里已经不是"生机一片"了——难以计数的鹿早已死去，一片死亡和恶臭，成了秃鹫的幸福乐园……

鹿的数量就这样逐年减少，到了 1940 年，仅存 2 500 头鹿——比当年的自然数量还少。另一种说法是，1942 年还有 10 万头，但接下来几年就逐步减少到只有 8 000 头病鹿。

自作聪明的美国人得到了严厉的教训——终于体会到了食物链效应。

这种破坏生态平衡，斩断食物链的例子不胜枚举。人们为了得到更多的鱼而捕杀以鱼为食的水獭，但发现水獭被"斩尽杀绝"之后，鱼也消失了。后来人们才知道，原来水獭吃的鱼中的大部分，是游得慢的病鱼——及时被吃掉之后才防止了鱼瘟蔓延。

食物链这个词的来源，还有一段有趣的故事呢！1942 年，美国明尼苏达大学一位 20 多岁的青年学者林德曼（1915—1942），受到中国俗语"大鱼吃小鱼，小鱼吃蚂虾，蚂虾吃泥巴""一山不存二虎"的启发，对达尔沼泽湖生态系统的营养结构进行了 3 年研究之后，终于首先提出了食物链这个概念，

长颈鹿

并创立了相关理论。

当然，最早对类似问题进行研究的倒不是林德曼。在 1859 年出版的生物进化论巨著《物种起源》中，英国生物学家达尔文（1809—1882）就说，他曾观察到"猫多羊就多"的现象。他研究的结果是：猫多（吃鼠）—鼠少（吃丸花蜂，破坏蜂窝）—丸花蜂多（传授花粉）—三叶草多（被羊吃）—羊多……

中国古代的著作——例如战国时期的《庄子·山木篇》中，则更早记载着生物彼此之间的相互斗争和依存的关系。

"恶"蛇与"美"蝶

——物种灭绝中的"多米诺效应"

2006年2月27日，意大利都灵冬奥会胜利闭幕。在闭幕会上，一群意大利青年身着"多米诺骨牌服装"，向世界各国来宾展示意大利人原创的"特产"——多米诺骨牌。

多米诺骨牌引出的各种艺术作品不计其数，"多米诺效应"已经成为常见的专用名词，而且还由此衍生出许多"副产品"——物种灭绝中的多米诺效应就是其中之一。

多米诺骨牌

在20世纪40年代末和50年代初，原产澳洲等地的棕树蛇即褐树蛇，搭乘美军战斗机由新几内亚悄然进入关岛。在棕树蛇入侵关岛的50年中，它"胃口大开"——当地的13种森林鸟被它们吃光了9种，约半数（6种）的蜥蜴和2种蝙蝠绝种。

不但如此，棕树蛇还给当地人带来其他巨大的危害。例如，它在电线上爬行会导致线路短路，关岛每年因此损失超过100万美元。此外，它还攻击人类。直到现在，棕树蛇不但仍然保持着当地物种第一杀手的显赫地位，而且还以同样的手段陆续扩张到密克罗尼西亚、夏威夷、美国本土和西班牙。这就是著名的"棕树蛇入侵关岛"事件。

本来，物种的新生和灭绝不值得大惊小怪——自从地球上有生命以来，优胜劣汰、适者生存，亿万年都是这样走过来的。但是，对于我们特别喜爱的物种，如果灭绝得太多太快的话，我们心里总不是滋味——不管从丰富生活，还是生产、科研的角度看，都是如此。于是，保护濒危物种，保持生物的多样性的问题，就时刻摆在"地球人"面前。

更为可怕的是，每一个物种灭绝就会导致 10 ~ 30 个物种灭绝——物种灭绝中的多米诺效应。为了纪念这些不幸的"牺牲品"，北京于 1999 年在麋鹿苑建造了一座"世界灭绝动物墓地"。每个墓碑上都写有一种动物的名字，通过倒下的石碑一个压着一个——表示物种灭绝的连锁反应像多米诺骨牌一样。而矗立的墓碑，则镌刻着尚存的濒危物种的名字。一些有识之士已用建立种子库的方式来避免植物的灭绝。经过几十年规划建设后的 2008 年 2 月 26 日，挪威的"斯瓦尔巴全球种子库"正式启用。这座被称为"末日穹顶"的建筑，在斯瓦尔巴群岛的一座永冻山体地下 100 多米深处，藏有地球上已知的所有 450 万种主要农作物的种子。当然，欧洲的另外一些科学家对这个"种子诺亚方舟"还不放心，就于 2008 年 2 月在法国斯特拉斯堡商量，打算用 10 年时间在月球上建立"末日方舟"，来为地球种子"备份"，以免"地球毁灭"后"一无所有"。

为什么会有物种灭绝中的多米诺效应呢？原来，当一种生物灭绝以后，相关生物的生物链就断了，生态平衡也被打破。在这种情况下，要么相关生物缺食而死，要么缺乏寄生的"寄主"或共生的"伙伴"而亡……

下面就是一个"伙伴"消亡之后，自己也灭绝的例子。

几十年前，英国的田野上出现了一桩怪事——一种叫"欧

棕树蛇

洲蓝蝶"的美丽蝴蝶，忽然没有了在暖春晴空里的倩影。谁也猜不透，这种会飞的美丽"花朵"上哪儿去了。

蚂蚁去了，美丽的"花朵"也飞了

科学家进行了广泛的调查研究，终于发现蓝蝶已经在英国绝种了——而这与两种蚂蚁灭绝息息相关。

原来，幼虫阶段的蓝蝶分泌出的挥发性物质，有诱惑蚂蚁的特殊香味。闻到了香味的蚂蚁，就爬到蓝蝶幼虫那里去。如果是普通蝴蝶的幼虫，对蚂蚁是不讲客气的，它们会拼命扭曲和摇摆躯体，把蚂蚁赶走，但蓝蝶幼虫却热情欢迎蚂蚁，为这些入侵者提供佳肴，供它们尽情享受。

当然，蚂蚁并不是"白吃白喝"。当蚂蚁发现蓝蝶产卵的时候，就马上派工蚁来照顾这些即将孵化的幼小生命。不仅如此，还派兵蚁守卫在幼虫的周围，防止其他昆虫抢走美食。蚂蚁还会把吃完一片树叶的蓝蝶幼虫，抬到另一片新叶上，让它吃个饱。

很明显，蚁和蝶之间这种生死与共的搭档关系，是经历了漫长岁月考验的。例如，一些蓝蝶成年后，必须得到这种蚂蚁的刺激才会在植物上产卵。甚至，一些蓝蝶幼虫的表皮要比同类幼虫的表皮厚60倍——能防止蚂蚁那铁钳一样的上颚刺穿它的表皮。

在北风呼啸的冬天，蚂蚁就把经不住严寒的蓝蝶幼虫搬进自己温暖舒适的蚁穴。这里的合作是：蚂蚁吸食蓝蝶幼虫分泌的蜜露，而把它们自己的幼虫作为食物奉献给这位"贵客"。

春天的脚步声响了，这曲"田园牧歌"也结束了。刚从茧蛹中钻出的蝴蝶，会受到攻击——曾悉心照料它们的蚂蚁变成了可怕的肉食者。可幸运的是，在新生蝶的体表部附着一层细小的鳞屑，当蚂蚁用颚去攻击它的时候，鳞屑很容易纷纷剥落。由于鳞屑像滑石粉一样保护着蓝蝶，蚂蚁只有踉踉跄跄地在空中乱抓一气——而在此时，蓝蝶就不慌不忙地"拜拜"了。

大自然就是这样复杂而有趣，地上爬的蚂蚁和空中飞的蓝蝶，居然结成了同生共死的盟友。如果灭绝了这两种蚂蚁，就会"城门失火，殃及池鱼"——与蚂蚁相依为命的蓝蝶会随之消失。

英国人开来了推土机，把两种蚂蚁的栖息地给毁了。两种蚂蚁灭绝了，和它"乐朝夕之与共"的"花朵"也没了影踪……

由此可见，爱护环境，保持生态平衡和生物的多样性，是多么重要。美国生物学家、"世界第一女环保斗士"蕾切尔·路易斯·卡逊（1907—1964）的话，应该是警醒我们的座右铭："我们必须与其他生命共同分享我们的地球。"

最早用定量公式描述生物之间的数量关系的，是意大利数学家沃尔泰拉（1860—1940）。他用数学方法对生存竞争、弱肉强食的现象进行研究之后，得到了定量的"沃尔泰拉弱肉强食方程组"。

用数学方法研究生物学的学科，叫生物数学，属于应用数学的一个分支。生物数学是在 1901 年创立的，其标志是英国数学家、生物统计学的奠基人皮耳孙（1857—1936）创办的《生物统计学》杂志的问世。1939 年，出生在俄国（出生地今属乌克兰）的"生物数学之父"——美国理论生物学家、生物物理学家、数学家尼古拉·拉舍夫斯基（1899—1972），创办了《数学生物物理学通报》杂志，把数学和物理学的方法引进生物学的研究之中，使生物数学得到进一步发展。

卡逊在野外采集生物标本时的留影

当然，多米诺效应不只是在生物学领域体现出来。

在 383 年的"淝水之战"中，十六国时期前秦的君主——秦王（357—385 在位）符坚

（338—385）能"投鞭断流"的90多万人军队，怎么败给了东晋"江左风流宰相"谢安（320—385）的8万人呢？原来，在今天安徽瓦埠湖一带的这场著名古战中，秦军一听到晋军的"秦军败了"的呼喊之后，就风声鹤唳、草木皆兵，"多米诺"了一把。

一些球队在比分落后的时候，就会像某些人受到挫折以后一样一蹶不振，这也是一种多米诺效应。

商品价格涨了，股票跌了……有时也会产生多米诺效应——再涨或再跌。

其实，我们有时也应用"多米诺效应"来改变自己。一本杂志的封面文章《八度幸福》中有一块名叫"八度幸福"的杉木牌，上面写着一段箴言："如先改变自己，对方也会改变；对方有了改变，心境也会改变……运气也会改变；运气一有改变，人生随之改变！"

把灾难锁定在预料之中
——动物的"预警效应"

"两个24万"——说到"唐山大地震""印尼海啸",至今都让人心有余悸,"仿佛就在昨天"。

是的,1976年7月28日3时42分53.8秒,好像有400枚原子弹,在距地面10千米的地壳中猛然爆炸。唐山——这座百万人口的城市,顷刻间被夷为平地,至少造成24万多人死亡。

2004年12月26日,印尼苏门答腊岛西部沿海发生9级地震,随后引发海啸,袭击了亚洲和非洲一些国家的海岸,也造成约24万人死亡。

灾难是无法阻止的自然浩劫,但是,如果能把灾难锁定在预料之中,那么,很多有关灾难的数据就会被改写。

请看唐山地震中的部分纪实采访。

蔡家堡、北戴河一带的打鱼人说,"鱼儿像是疯了"。7月20日前后,离唐山不远的沿海渔场,梭鱼、鲶鱼、鲈板鱼等纷纷上浮、翻白,极易捕捉——似乎渔民们遇到了从未有过的"好运气"。

7月25日,在唐山以南的天津大沽口海面,"长湖"号油轮船员们目睹油轮四周海面上的空气

大地震后的唐山市

哑哑作响，一大群深绿色翅膀的蜻蜓飞来，栖在船窗、桅杆、船舷上，密匝匝一片，一动不动，任凭船员去捕捉驱赶。不久，油轮上出现了更大的骚动，一大群五彩缤纷的蝴蝶、土色的蝗虫、黑色的蝉，以及许许多多蝼蛄、麻雀和不知名的小鸟也飞来了，最后飞来的是一只色彩斑斓的虎皮鹦鹉，它傻傻地站在船尾，一动不动。它们不期而遇，仿佛是一次"动物大聚会"。当时，人们还不明白，这只油轮是它们的避难所。

7月25日上午，抚宁县坟坨公社徐庄的徐春祥等人，看见100多只黄鼠狼，大的背着或叼着小的，挤挤挨挨地钻出一个古墙洞，向村内大转移。天黑时分，有10多只在一棵核桃树下乱转，不停地哀号，有面临死期的恐慌感。26日、27日两日，这群黄鼠狼继续向村外转移，一片惊惧！

7月27日，迁安县（今迁安市）商庄子公社有人看见蜻蜓如蝗虫般飞来——队伍宽100多米，自东向西飞，持续约15分钟之久，嗡嗡的声响气势之大，使在场的人目瞪口呆。

夜光游水母

总之，这些飞虫、鸟类，似乎都失去了"理智"。

在当时，很多地方都上演了动物界的"恐惧大逃亡"——动物本能的"预警效应"。遗憾的是，这些异常现象根本没有引起人们的重视……

惨痛的教训啊！

可喜的是，现在已有很多人开始关注动物的预警效应，科学家们也对此进行过大量的研究。

水母，一种古老的腔肠动物，也叫海蜇，能对暴风"未来先知"。原来，水母有一套构造特殊而灵敏的听觉器官。科学家揭开了水母预测风暴的奥秘后，就模仿水母的感受器，设计、制作了"水母耳"风暴预报仪。水母耳由喇叭、接收次声波的共振器、压电变换器及指示器组成。喇叭能旋转360°，当它接收到8～13赫兹的次声波的时候，旋转会立即自动停止。人们就能根据指示器的指针，知道风暴的强度和方向。这种仪器"青出于蓝"——一般可以提前15个小时做出预报，从而保证海上航行的安全。

蟑螂的一对尾须上覆盖着2 000根密密麻麻的丝状小毛，小毛的根部构成一个高度灵敏的微型"感震器"，不但能感觉震动的强度，而且能感觉出压力来自何方。

人们熟悉的蝈蝈和纺织娘，是统称为螽斯的两种直翅目动物。螽斯们的"耳朵"，不但能听到微弱的声音，而且能感到振幅等于氢原子直径一半那么小的振动，还能从声音的巨流中只接收对它有意义的声音。仿此，人们创制了高灵敏地震仪。

在日本，有一种在地震前会翻身的鲶鱼。原来，鲶鱼对轻微震动的感觉十分灵敏，而地震前所引起的微弱电流的变化，也能被鲶鱼特别灵敏的感觉器感觉到。

不少鱼类在地震前会漂浮水面，有的甚至还会跃上岸来，是由于具有相当灵敏的感觉振动器官——内耳和侧线。内耳感觉高的振动频率，侧线感觉低的振动频率。

乌贼也能预报地震。日本东京大学的保尾教授经多年研究之后在1983年得出结论：大地震之前，震中的海面上往往会出现罕见的大乌贼。

此外，在地震前，不少动物都有反常现象，如牛、马、驴出现少

蝈蝈

鸣草螽

食、惊恐的状况，猪、羊、兔显得严重不安，鸡飞狗叫，猫儿乱跑，燕子、鹰群飞走，鼠蛇出洞，蚯蚓乱爬等。

　　了解了动物的这些预警效应，用科学知识武装头脑，依靠科技进步，面对类似唐山大地震、印尼海啸、汶川大地震这类自然浩劫，我们还会因为难以预测而惶然不知所措吗？

　　对于所有的自然灾害，目前我们不管是用动物的"预警"，还是先进的仪器，都不能完全准确预报，但总有一天人类会解决这个"预报难题"。

走近西非黑猩猩

——体验动物的"生存法则"

黑猩猩用石头敲开最硬的坚果

在西非的科特迪瓦，有一片 1 600 多平方千米古老而富饶的森林，是西非众多原生物种的避难所。这片森林中，生活着一群黑猩猩，它们比其他动物更多地使用工具，并形成了一个复杂的高度组织化的社会。

说起来真有些神奇——在黑猩猩的社会里，社会组织管理非常严格。

首先，它们各占地盘——一群黑猩猩大致守卫 10 平方千米的领土，每天行走大约 4 千米，寻找食物，并防止其他黑猩猩群体入侵。为此，雄猩猩用树做鼓来传递信息，让整个群体都熟悉彼此的叫声，从而指示大家该走哪条路。当然，这奠定了雄猩猩在群体中的领导地位。雄猩猩要在一个群体里度过它们的一生，而雌猩猩到 11 岁的时候就可以"离家出走"。

其次，黑猩猩的生活也非常有趣。它们每天大约花 6 个小时寻找食物。它们有丰富的食谱——树叶、水果、昆虫、蜂蜜，甚至菌类都是它们爱吃的东西。它们特别喜欢吃从树上掉下来的水果，还会把水果放到溪水里清洗干净，再嚼成一个果肉球，长时间地从中吸取精华。极其强壮的上肢，使猩猩成了一个伟大的攀登家，因此可以尝到新鲜的树叶和水果。

更有趣的是，黑猩猩还吃坚果。采集到的坚果极其坚硬，仅用牙齿难以打开。它们把坚果放在树根的一个孔里，用特别挑选的锤子，熟练地在一分钟之内敲开两个坚果。用石头敲开最硬的坚果，只有西非的黑猩猩具备这种能力，而学会这个本领需用若干年的时间。2 岁的小猩猩对敲坚果不感兴趣——可以从妈妈那里得到已经敲开的坚果。到了 5 岁的时候，黑猩猩就开始学习"自己动手"，直到 6 岁以后才逐渐有力气成功地敲开坚果。有时黑猩猩敲坚果，会持续几个小时。瞧，它们多有耐性！当然，这是从小训练的结果。

我们再来看看它们一天的"作息时间表"。

当夜晚来临的时候，黑猩猩就在树上睡觉，而且每天晚上都在一个新的地方为自己搭一张新床——只要两分钟。太阳升起之前，黑猩猩醒来的第一件事是吃早饭，蚂蚁是一道美味。它们把木棍插进蚁穴中，让愤怒的蚂蚁攻击木棍，然后将木棍取出，吃掉攀附在上面的蚂蚁。

除了人类，这里的黑猩猩比任何其他动物制造的工具都多——达到 19 种！最令人惊讶的是一种类似海绵的工具——把树叶压碎成球状，放进积水的树洞里，然后拿出来放在嘴里吸干。黑猩猩的休息时间很有规律，特别是中午天气热的时候，就美美地睡上一觉。

好一群"懂生活"的黑猩猩！

其实，不单是黑猩猩如此——动物世界普遍存在四个方面的"生存法则"：地域观念、生存训练、群体意识和等级制度。

请随我一起去动物世界，了解它们的"地域观念"吧。

大到麝牛，小到旅鼠，从天上飞

黑猩猩吃攀附在木棍上的蚂蚁

的鸟到地上跑的狐狸，都有自己的活动范围。只不过边界并不是靠"重兵把守"，而是靠自己去维护。如果有同类来侵犯，照样会引起一场战争——虽然没有炮火连天，刀光剑影，却也会打得难解难分，直到有一方认输为止。当然，它们的边界并没有国界那样威严

驯鹿

和明显，但也是清清楚楚存在着的。狐狸和狼群通常用撒尿来圈定自己的边界，而北极麝牛则把自己具有浓味的分泌物涂在草上来标明自己的势力范围。旅鼠的活动范围较小，但也有明确的地域观念——除了大迁移，从不到其他的"码头"去觅食。

真是一群守"游戏规则"的东西！

不过，它们的"生存训练"更让人佩服。

我们知道老鹰是所有鸟类中最强壮的种族，为什么呢？根据动物学家所做的研究，这与老鹰的喂食习惯有关。老鹰一次生下四五只小鹰，由于它们的巢穴很高，所以猎捕回来的食物一次只能喂食一只小鹰。而老鹰的喂食方式，并不是依照平等的原则，而是哪一只小鹰抢得凶就给它吃。在这种情况下，瘦弱的小鹰会因吃不到食物而饿死。最凶狠的则存活下来，代代相传，于是"老鹰一族"愈来愈强壮，最终成为所有鸟类中最强壮的种族。黑猩猩的取水、敲开坚果、取食蚂蚁等方法和技巧，当然也是长期生存训练的结果。

动物的"群体意识"也让我们叹服。

与黑猩猩一样，小到蚂蚁、蜜蜂，大到大象、鲸，都过着组织严密的集体生活。例如北极驯鹿就深知群体的重要，因为只有组成大群才能威慑天敌——一旦分散，就易被狼群"分而食之"。同样，北极狼也过着配合默契的群体生活——只有这样才能捕获到足够的猎物。

麝牛从不单独行动，总是三五只或十几只成一群，一旦狼群来犯，就地围成圆阵，将弱小者包在其中，怒目而视，常能使凶恶的敌人望而生畏，无计可施。鲸虽然活动的范围极大，但也总是集体行动，"边走边唱"，彼此保持紧密的联系。鸟类更是如此，例如北极燕鸥，常常组成成千上万只的大群，不管是狐狸还是狗熊，只要胆敢来犯，就群起而攻之。即使剽悍的北极熊，看到这样的阵势，也得三思而后行。

狼更是懂得"群体意识"的高手。美国内战时期（1861—1865），尤里西斯·辛普森·格兰特将军曾报告说，他们在山区行军时，听到一支一二十只狼组成的狼群在齐声嚎叫。但后来他们才发现，这支狼群只有一雌一雄的两只狼（这一现象被称为狼的"beaugeste"效应）。"夫妇"俩虚张声势的目的，就是欺骗和迷惑对方——搞不清自己的规模，不敢轻易来犯。

当然，与人类社会不同，动物群体间很少严重对抗。即使偶有发生，也往往"点到为止"——只要一方认输，冲突就宣告结束，从不穷追猛打，赶尽杀绝。只有蚂蚁是例外——它们之间的战争往往能造成大量伤亡，乃至全军覆没。

最后，我们再来看一看动物世界的"等级制度"。

具有明显等级制度的动物则是狼群——一个父系氏族。每一群体都是以一头最强壮的雄狼为首领，不仅负责组织和指挥打猎，而且也独占着与雌狼交配的权利。每打到猎物之后，先由它来享用，接着是它所钟爱的雌狼，然后是哺育幼仔的雌狼和小狼，最后才轮到其他的雄狼和雌狼。当然，首领的地位是不稳固的，更不是终身制，经常受到自认为是足以强大的其他雄狼的挑战。

麝牛意识到危险来临，立刻围成圆阵

三头成年北极狼正在教训一头不听话的幼崽

不过，不是通过"选举"，而是"武力较量""胜者为王"——一旦被打败，它自己和它"在位"的时候钟爱的雌狼也都降为"二等公民"，往往孤苦伶仃，直到死去。

生活在海里的海象和鲸鱼，也都是明显的父系社会，并且都是"一夫多妻"；而北极狐狸则有点像是母系社会的"一妻多夫"。麝牛的情况复杂一些——虽然在前面领路的总是一头雄牛，但是在跋涉苔原及牧地的时候，实际领袖通常是一头怀了胎的老雌牛。除此，麝牛还有一奇怪现象：许多雄牛分成几个小组，每组都有自己的领袖。个别不受欢迎的雄牛，没有一个小组肯接受它，只好孤零零地在草原上乱逛。这与因纽特人惩罚那些不受欢迎的人的办法差不多。

读到这里，你也许在想，这些生存法则，人类社会也有呀。我们是不是从动物世界中学来的呢？话可不能这么说，因为人类本来就是从动物演化而来的。与其说是仿生学，倒不如说是从动物那里"遗传"过来的。

当然，这些法则也给我们很大的启示。例如，群体意识也是人类社会的一个重要特点。如果没有这种意识，国界也就不复存在了，战争也就不会爆发了。但如果真的如此，那人类社会也就不会有今天的繁荣——人类社会最辉煌的业绩和最伟大的成就都是靠群体完成的，单人独户无论如何也不会有什么大的作为。这种团结协作的群体意识是人类精神中极具光辉的一面，但同时也可能变成极其可怕的东西——群体间的相互仇视、怨恨和敌对往往会导致很大的悲剧。又如，在人类社会，如果没有了等级制度，或一个群体没有领导，则可能陷入可怕的无政府状态，人类社会就难以维持。

生存法则适用于一切动物——包括作为高等动物的人类。

蝉的生死之谜
——生命追求"素数"

大量的蝉仿佛一夜之间从地下冒出——1634年，正当来自欧洲的殖民者在美洲大陆田纳西地区大享掠夺之快的时候，他们也着实虚惊了一场。虽然没造成什么大损失，但每公顷数百万只的"蝉大军"实在让人不寒而栗！于是，恐慌的人们想尽办法想消灭这些"恐怖分子"。

布鲁德X蝉

在美国东部很多地区的灌木和树林中，布鲁德X蝉——英文BroodX蝉密密麻麻，随处可见。这里的"X"，意思是要等X年才能孵化。

2004年5—7月，数以亿计的布鲁德X蝉再次破土而出，疯狂席卷了美国东部15个州。包括首都华盛顿在内的美国东部，再次对这些特殊的"恐怖分子"严阵以待——婚礼、球赛等公共活动被迫延期或改到室内举行。

然而，对于蝉的天敌黄蜂来说，大量涌现的数十亿只蝉无疑是一次绝美的盛宴。一只拇指大小的黄蜂用它的针刺麻痹了一只蝉，将其拖回它的地下洞穴，然后在其中产卵，并封闭了洞穴。几天之后，幼虫孵化——活蝉成了美食。

那么，迅速繁殖并日渐增多的黄蜂真能帮助人类消灭掉这"蝉大军"吗？当时，专家们不无忧虑地说："除了让其自动消失，没有其他的办法，数十亿只蝉的出现根本无法控制，因为吃蝉动物的数量不可能繁殖得那么快。"

只能这样任蝉儿们猖獗下去吗？不，它们最终也没逃过世界万物的命运——自生自灭！只不过，它们的生长具有周期性，而且选择素数作为生命周期罢了！

在 1987 年破土而出的布鲁德 X 蝉，是有史以来最大规模的一批，以后每过 17 年又会出现一次——当然，规模不一。据统计，在 1634—2004 年，蝉儿冒出地面一共 23 次，而且周期都很准确。

生物学家们认为，大量的布鲁德 X 蝉的周期性涌现，也是一种生存策略——它们在数量上大大超过了掠食者，这就保证了后代的存活，并且 17 年才出土一次，也使以它们为生的掠食者不可能存在。

更有趣的是，蝉的生命周期大都为素数——在北美洲北部地区周期为 17 年（例如布鲁德 X 蝉），而在北美洲南部地区是 13 年（例如 Magicicada 蝉）。为什么是 17 和 13，而不是其他数字呢？进化论给出了比较合理的答案——可以大大降低与天敌遭遇的概率。例如，如果它的生命周期是 12 年，就会遭遇那些生命周期为 1、2、3、4、6 及 12 年的天敌——将威胁到种群的生存。为此，在 2002 年，来自德国马克斯－普朗克协会分子生理学研究所以及智利大学的科学家们，建立了一个"猎人－猎物"的数学模型——把蝉比作"猎物"，天敌比作"猎人"。他们用数论证明，蝉选择素数作为生命周期，可以稳定地保存种群数量。

虽然食蝉动物的数量不足以剿灭周期性出土的蝉，但是蝉还有其他掠食者。

印第安纳州大学的生物学家和周期性蝉研究专家基思·克莱说：

"各种动物，包括鸟、小型哺乳动物，甚至蛇、蜥蜴和鱼在蝉出土之后都可能饱餐一顿。"

17年的地下生活——"17年蝉"像一个艰难的矿工沉身于湿冷、黑暗和孤寂之中。它们靠吸树根的汁液为生，漫长的成长与等待，只为了那个遥远的理想——振翅长鸣的辉煌。然而，在17年之后，却成了掠食者的美餐。

对此，法国昆虫学家法布尔（1823—1915）在《昆虫记》一书中感慨地说："4年黑暗的苦工，一个月在日光中的享乐……如此难得，而又如此短暂。"他观察的是"4年蝉"——不知他看到"17年蝉"之后，又会有怎样的感叹！

此外，在地下打洞的啮齿动物鼹鼠，喜欢吃昆虫。克莱和他的同事则发现，猛吃蝉的鼹鼠，现在只吃蝉蛹，使自己的数量达到了17年以来的高峰。

充裕的成熟蝉蛹为鼹鼠提供了足够多的食物，对鼹鼠的研究成了研究蝉蛹密度的一个途径——哪儿有鼹鼠，哪儿就有充足的蝉蛹。

那么，鼹鼠的大量蚕食是否能减少蝉的数量呢？事实上，尽管鼹鼠会吃掉大量的蝉蛹，但却不能显著减少蝉的数量。而且，6个月过后蝉会自行消失，只剩下一些小蝉蛹留在地下，而无法供给大量鼹鼠的食物——这必将导致明年春天鼹鼠数量锐减。

那么，大量的蝉在6个月之后，是如何消失的呢？

研究发现，在当地的一些老树上长满了一种名为 *Massospora cicadina* 的土壤真菌——会缠上蝉并在它们身体里繁殖，最终杀死蝉。

当蝉受感染而死后，蝉的尸体会传播更多的孢子在地面上。这些孢子会在地面上繁殖，等待蝉的下一次出土。当

鼹鼠

孢子一代代繁殖，到数量足够多的时候，那个地方就不再适合蝉的生存了。

有趣的是，蝉似乎更喜欢小树，因为小树上的土壤菌要少得多，于是蝉尽力从老树转移到小树；但是随之长出的这种真菌让大量的蝉销声匿迹。就这样，大量的蝉在一个周期之后就消失了。

还有一个谜，是科学家们急于想揭开的——蝉如何感知17年的到来。

查尔斯·雷明顿博士认为，蝉的生活由体内的两个生物钟控制。一个生物钟位于蝉的食道管下部，以计算着具体的年代。当这个生物钟转到17年的时候，另一个感光器般的生物钟开始运转起来，它告诉蝉们立刻停止吸食树汁——该是"重见天日"的时候了。他无法解释蝉在地下的时候，是如何感受到光线的，也不能解释为什么数以百万计的蝉会同时一起涌向地面。

康涅狄格州立大学的进化生物学家克里丝·西蒙博士认为，蝉的食物——树枝随着季节变化而产生的荷尔蒙和氨基酸，在发生变化的时候能影响蝉的"倒计时钟"。还有，当土壤温度升高的时候，蝉的体温也随之升高——达到一定温度的时候，蝉就不再当"地下工作者"了。

和17年蝉类似的还有竹子开花。以15～20年为开花周期的竹子很少，一般都要好几十年甚至上百年，而且竹子们都不约而同地准时开花，花期很短。这样，就能避免种子被老鼠们大量吃掉而遭"灭顶之灾"。

从蝉的生命素数周期和竹子开花的规律，我们再一次感受到，万物的存在都有理由，万物的消失都不是结果。唯有尊重自然，才是我们的正确选择。

由17年蝉和竹子开花，很容易想到我们自己。"赤条条来去无牵挂""潇洒走一回"，究竟为的是什么呢？为了钱吗——再多的钱也无法带走分文。为了享受吗——再大的屋子也只能睡一张床，再多的美味也只能吃一日三餐。那到底是为了什么呢——对于绝大多数人来说，除了子孙后代——大概"四大皆空"了……

其实，所有的生命都是如此。既然如此，那我们为什么就不能像法布尔说的 4 年蝉那样，尽情地"在日光中享乐"——切莫"生前心已碎，死后性空灵"呢？

仙企鹅为何准时登陆

——自然界的"重复准则"

神奇可爱的仙企鹅

本来，澳大利亚的菲利普岛是名不见经传的小岛，但是有一天，它却突然声名远播而游人如织了。你猜，这是为什么？

原来，岛上有一块石碑。可一块石碑怎么就能让它名扬四海呢？

"仙企鹅登陆时间为傍晚8点零5分。"石碑上醒目地写着。啊，明白了——原来，游客是冲着能和仙企鹅"准时约会"来的。

于是，每到傍晚，来自世界各地的游客云集海滩——抬手看表，等候8点零5分的到来。果然，8点零5分刚到，一只体态魁梧的仙企鹅——显然这是仙企鹅群的"首领"，就准时向岸边游来。你瞧，它上岸后先是东张西望地"侦察"了一番，判断"此处安全"之后，再回头"嘎"的一声——排成三路纵队的众仙企鹅随之鱼贯登陆。顷刻之间，就有成千上万只直扑海滩，壮观场面令人惊叹不已。

如此趣事，玩味良久，在惊叹于岛民善于开发旅游资源之外，免不了心存疑虑——他们怎么会知道仙企鹅正好在傍晚8点零5分登陆"表演"？其中的奥妙，虽然至今还没有权威定论，但有一点是肯定无疑的——岛民之所以敢刻碑预报仙企鹅准确登陆的时间，显然是从仙企鹅群多次登陆的重复现象中，找到了客观规律。

其实，在重复出现的自然现象中找到客观规律，这是一条重要的科学法则——"重复准则"。意大利科学家伽利略（1564—1642）的一项成就，就得益于此。1583 年的一个礼拜天，伽利

伽利略　　　　　惠更斯

略到比萨大教堂做礼拜，看见天花板上的吊灯每一次来回摆动的时间始终相等。由此出发，他发现了著名的单摆等时性原理，还绘制出了"摆钟"的图纸。几十年后，荷兰物理学家惠更斯（1629—1695）发明出世界上第一架摆钟，实现了人类计时史上的一次巨大飞跃。

异常凶残的"海中霸王"鲨鱼，经常袭击在水中的人和小船。为此，科学家都在设法对付它。有一次，一位"好事者"把一条饿了几天的鲨鱼放进水池里，轮流把涂了不同颜色的木板投入水中。结果，每投一次，饥肠辘辘的鲨鱼就猛蹿一次，咬住木板狼吞虎咽。但是，唯独见了橙黄色的木板，就立即调转尾巴逃之夭夭，宁可挨饿也不肯靠近。接着，试验者又用黄色光照射水面，此时鲨鱼索性躺在水底"绝食"，一动也不动。正是这些重复的实验，人们才发现了鲨鱼的特性。根据这一特性，人们把救生圈和救生衣制成橙黄色来吓跑鲨鱼，同时又便于营救人员发现目标。

现在你终于知道为什么救生圈和救生衣是橙黄色了吧？不过别忘了——这也是重复准则的功劳。

防鲨鱼的"弗利莉新衣"的发明，也是重复实验的结果——这得感谢澳大利亚的海底摄影师泰勒夫妇。泰勒在制成了由 15 万个小钢环串联的盔甲式连身衣之后，由他的爱妻弗利莉亲自试穿，一次又一次地在海底的大鲨鱼口前进行"实战"

鲸鲨

重复实验。终于，他们以惊人的智慧和无畏的献身精神，研制出这种有效抗御鲨鱼袭击的工具衣，被各国潜水员争相购买。

其实，发现了重复现象，就意味着发现了某种规律，就有可能去完成新的发明创造。

在科学史上，科学家们还用重复准则揭开过"科学骗局"。

1989年初，意大利罗马大学教授斯巴达夫拉在久负盛名的《细胞》杂志上发表了一篇论文，介绍他在转殖老鼠技术上的一项"革命性的突破"。《细胞》杂志社还特别为这篇文章写了一个短评，称其为生命科学界的"冷融合"。

斯巴达夫拉的发明一宣布，立刻引起了两种极端不同的反应——一是兴奋，一是怀疑。兴奋的心情可想而知——按斯巴达夫拉采用的容易操作的简单技术，就能化腐朽为神奇。怀疑也有理由——这么简单的方法为什么前人没有想到？

为了验证斯巴达夫拉的工作是否属实，许多实验室开始对他公布的实验进行重复验证。遗憾的是，人们都得到否定的结论。在1989年10月20日，美国4个从事转殖动物研究的机构在《细胞》杂志上报告说，先后8次重复了斯巴达夫拉的实验，但都没有得到相似的结果。同时，从东欧的布达佩斯到加州的帕沙迪那，有7个实验室得到的都是相反的结论。因此，科学家们断定，这个被誉为"生命科学界冷融合"的实验，是一场科学骗局。

对斯巴达夫拉来说，重复准则凿穿了他的谎言，给了他致命的一击。但对科学来说，重复准则是一个伟大的法则——揭穿了一场科学骗局。其实，科学实验的一个重要特征，就是实验要具有"可重复性"。

是啊！在我们身边的"重复"还少吗——候鸟迁徙、雄鸡啼晓、花开花落、潮汐涨落……

利用重复准则对这些重复的现象进行深入研究，从这些周期重演、过程重演或内容重演的自然现象中，也许就会找出重要的规律，得到意想不到的收获！

可怕的大眼睛
——密斯特森林的"自然法则"

蝴蝶们的翅膀上长出了对称的大眼睛

说到鸟类身上最厉害的武器，我们自然会想到它的爪子。

可不是吗？在几百年前加拿大的密斯特森林里，就有一种有锋利爪子的怪鸟。它生性残忍，异常凶狠，小鸟、蝴蝶、昆虫、杂草它无一不吃——每天要杀死上百条生命，残暴得让人震惊！它的叫声更是恐怖，所有的动物都感到害怕。它们没事的时候，就磨牙磨爪，三五只怪鸟一旦出击，半天工夫就能毁坏几亩草地。

真是一群霸道的鸟！一时间，密斯特森林里的其他鸟类和昆虫，都"见鸟色变"，完全没有办法可以抵御它的猖狂。

不久以后，怪事就发生了。许多动植物都长出了一只或两只假眼。密斯特蝴蝶翅膀上长出了对称的大眼睛——看上去既丑陋又可怕。扁叶草也在叶子上长出了一对黑眼睛图案。蜻蜓的背部，同样被长长的两只假眼盖住，闪闪发光，仿佛真的一样。当然，它们还没有长成"天下第一大眼睛"——在加拿大纽芬兰，保存着一个巨鱿的标本，它的眼睛直径是 38 厘米。最长的巨鱿长 18 米，生长在深海中，科学家们至今还没有目睹活巨鱿的"芳踪倩影"。

这些眼睛使原本好看的动植物们变得难看、怪异，甚至相貌凶狠，完全失去了美丽温柔的外表。人们非常奇怪——这到底是为什么？

仔细观察之后，人们发现，这些"变恶"了的大眼睛，能吓退怪鸟。随着怪鸟攻击它们的次数日益减少，动物们受伤害的程度越来越低，最终存活了下来。

真是"一物降一物"——凶残的怪鸟，却败在凶狠的大眼睛之下。

有的蝴蝶不但眼睛大，而且翅膀也大得吓人。世界上最大的蝴蝶翅膀的宽度长达30厘米，就像一只鸟，因此有了"鸟翼蝶"的名称，传说要用箭才能把它射下。但是，曾和达尔文共同提出自然选择学说的英国生物学家阿尔弗雷德·拉塞尔·华莱士（1823—1913），却用捕虫网捕到过它。

更不可思议的是，当密斯特森林的怪鸟减少并灭绝之后，这些动植物身上的大眼睛却渐渐退化，又长出了美丽的花纹图案。于是，密斯特森林也回复了平和安宁和昔日的美丽。

这个有趣的故事被称为（密斯特森林的）"自然法则"。

在自然法则的启示下，人们还发现了一个奇怪的社会现象。

在一个动荡的民族，或被暴君主宰的国度，人们眼睛里流露出来的，也是恶感与敌意。同时，社会丑恶现象也会抬头——杀人、放火、盗窃、骗术滋生。如果用自然法则来评判，这些丑恶现象的增多，带有保护和反抗意义——一种彼此相连的效应。反之，当国泰民安的时候，人们的目光变得友善，社会丑陋现象会减少，人心重返善良和美好。正是：眼露凶光，昭示天下大乱；脸露微笑，告示天

蝴蝶恢复了往日的美丽

下太平。

由此，我们想到当今青少年的成长环境——如果到处都有凶杀、暴力，那他们也就"恨在心头"——很有可能会长出一双丑陋而可怕的"大眼睛"。如果到处都是友善的目光，他们也就"心会跟爱一起走"——长出"美丽的花纹图案"……

"眼睛是心灵的窗户"，它最能够反映一个人的内心世界。一个光明正大、心地无私的人，眼睛必然明亮，目光必然有神；一个人如果做亏心事，一般都不敢正眼看人，眼神也不自在。难怪清朝康熙皇帝曾在庭训中告诫儿孙："眼不正，心必邪。"

可怕的"大眼睛"使人想起凶杀

是啊！动物利用眼睛来保护自己，人类利用眼睛来观察万物，也通过眼睛来表达自己。真是神奇的眼睛，可怕的眼睛，可贵的眼睛！

斑点蛾轮回悲喜剧
——"自然选择"的威力

1831 年 12 月 27 日,英国普利茅斯港。英国皇家军舰"贝格尔"号上的人们向前来送行的亲友挥手作别——他们要开始为期 5 年的环球远征。幸运的达尔文(1809—1882)在他的导师——英国牧师、植物学家和地质学家约翰·史蒂文斯·亨斯罗(1796—1861)教授的推荐下,也登船随行。

1836 年 10 月 2 日,"贝格尔"号胜利返航。随之,达尔文也从有神论者变成无神论者,最终成了博物学家、生物学家和进化论的创始人。

返回伦敦以后,达尔文忙于整理从南美采回的地质、生物标本,同时也经常思考生物的进化问题。

1838 年,达尔文阅读了他的同胞马尔萨斯(1766—1834)在 1798 年出版的《人口论》,顿时受到了启发。马尔萨斯首次提出了"种内竞争":食物呈算术级数增长,而人口呈几何级数增长;这样,过多的人口为有限的食物就产生了尖锐的冲突,而战争、疾病等因素能抑制人口的过快增长,缓解这一冲突。这个理论对达尔文的进化论提供了依据。而在此之前,博物学家们认为只有"种间竞争"。种间竞争和种内竞争的结果是"优胜劣汰"——这就是

青年达尔文

"自然选择原理"。

那么，这个原理究竟是否正确呢？还是用事实来说话吧。

斑点蛾有两种表现类型：一种翅膀是黑色的；另一种翅膀是浅色的，上面有斑点。翅膀的颜色由一对等位基因控制，其中黑色基因是显性，浅色基因是隐性。也就是说，在这一对基因中，如果一个是黑色基因，另一个是浅色基因，那么它的表现类型就是黑色而不是浅色；只有两个基因都是浅色基因，表现类型才是浅色。这样，如果这两种表现类型的繁殖率、存活率相等，从统计上来说，黑色蛾的数目应该是浅色蛾的 3 倍。

英国生物学家在 1848 年对生活在曼彻斯特的斑点蛾的调查结果，却让人们大吃一惊：黑色蛾反而远比浅色蛾少——只有不到 1%！

这是为什么呢？原来，斑点蛾的这两种表现类型具有不同的生存能力。斑点蛾生活在长满浅色苔藓的树干上，天敌是鸟类。浅色蛾落在苔藓上不容易被鸟类发现，而黑色蛾则非常显眼，容易被鸟类捕食。一代又一代被选择的结果，基因库中黑色基因越来越少，浅色基因越来越多。虽然浅色是隐性，但表现类型却占了绝对优势。

50 年之后，英国完成了工业革命，成了工业化国家。曼彻斯特到处可见冒着浓烟的大烟囱，空气污染越来越严重，树干上的浅色苔藓也被黑色的煤烟覆盖了。黑色蛾变成了生存的"适者"，浅色蛾反倒成了鸟类的美餐——科学家们用电影记录了鸟类确实在选择性地捕食浅色蛾。此时，黑色蛾占了斑点蛾总数的 95%。

又过了 50 年，到了 20 世纪 50 年代，英国人对环境污染再也无法忍受了。他们通过了反污染法，使烟囱不再冒黑烟，树干上的煤烟也消失了。结果是，浅色蛾数量回升，黑色蛾数量下降。

真是"三十年河东，三十年河西"。

生物学家对英国斑点蛾长达 100 多年的观察，是自然选择的一个直观浅显的例子。而斑点蛾们上演的轮回悲喜剧，透视出了人类对环境的影响，也看出自然选择显现出的巨大威力。

在漫长的历史进程中，经过长期的有方向的自然选择，任何细微的变异都会得到累积而变得显著，由此可导致原物种的灭绝及新物种的产生。

又一个例子发生在西伯利亚草原上。在这里放养的驯鹿即角鹿的最大天敌是狼。为了保护驯鹿，猎人主动消灭了草原上的狼。结果使驯鹿大量繁殖，数目急剧增多，品种迅速退化。由于铺天盖地的驯鹿过度啃食草原，草原也退化了。如果狼依然存在，虽然一些驯鹿会牺牲，但这些驯鹿大都是"老弱病残"或有轻微缺陷的。身体健壮的驯鹿大多能逃脱狼的捕捉——它们将是竞争中的获胜者，并且会把优秀的素质传给后代。相反，没有狼的制约，结果就是驯鹿品种和草原的共同退化。

驯鹿

保持物种的多样性是自然选择的要求，有利于保持生态平衡，有利于各物种能正常发展和最优化的生存。

植物有腿也会跑
——不可思议的"植物智能"

"植物有腿也会跑"，听起来真是天大的笑话！植物没有腿和手，没有感情，处于食物链的最底层，任由人类摆布，就连昆虫也可以随便奴役它们。但是，事实并非完全如此——只是有些奥秘你不知道而已。实际上，它们有一些不可思议的"植物智能"。

含羞草

我们继续探寻吧！

一种热带食虫植物刚消化了它逮住的猎物，又张开"嘴巴"，等待另一顿美食——一只在附近飞的昆虫。著名的猪笼草和捕蝇草也有这样的本领。

在辽阔的沙漠里，一株被称为"居留者"的植物遭到了动物的攻击，就立刻喷射毒液还击。生长在墨西哥的一种植物的叶片和茎上，充满高压刺激性液体的管子构成了纵横交错的脉络。一旦昆虫咬了其中的一根管子，该植物就喷射毒液，最远可达 1.5 米。

一些没有这种喷枪防御功能的植物，却有自动保护装置和系统——在昆虫来吃它的时候释放有毒化学物质。这样做，一是通知其他植物加紧制造"化学武器"——有毒的化学物质；二是给这些昆虫的天敌发信号，请它们赶快前来"增援"捕食。

加拿大布罗克大学的阿伦·布朗教授，用试验进行了证实。他把毛虫分别放到大豆和烟草的叶子上。当毛虫爬行了 20 秒钟之后，这些植物开始在毛虫爬过的地方释放有毒化学物质——过氧化物。原来，昆虫的足接触叶子的时候会产生吸力，植物监测到这种吸力效应后，就有了"快速反应"。

植物不仅有防卫意识，而且还有还击方法，甚至会主动出击。

在茂密的森林中，一棵植物被虫咬了，它立刻向周围的伙伴们发出信号——提防入侵者。

科学家们发现，当叶子被昆虫咬嚼的时候，能释放出一种类似动物为抑制疼痛而释放的神经激素的化学物质——内啡肽。

就像前列腺素能帮助人体抵抗细菌的攻击一样，茉莉酮酸能引起植物的叶子制造出一种酶——让那些吃了这种叶子的昆虫"消化不良"。茉莉酮酸还能帮助叶子产生缩胆囊素——使昆虫产生"饱感"而早早离去。

植物与它的邻居们能保持通信联络。当受到攻击和伤害的时候，许多植物能释放挥发性的茉莉酮酸——它的气味信号能提醒附近的植

猪笼草的捕虫叶　　　　捕蝇草的捕虫叶

物，在昆虫咬嚼它们之前开动防御系统。

有些植物的触须有摸索、试探和抓握的能力，于是有"藤缠树"或"爬壁虎"之类的植物。

不可思议吧！不过，你怎么也不会想到，植物甚至会对人类进行"报复"呢！

"古榕沐春风"

这里有一个有文献记载的例子：生物学家迈森家里有一株好几年的榕树，他每天精心照料。迈森结婚了，对榕树来说，迈森夫人成了家里的"第三者"。没过多久，迈森夫人就得了以前从未得过的好几种怪病——特别怀孕后得了严重的中毒症。幸好迈森隐隐约约猜到了原委，于是他把榕树移到温室里。说来也怪，夫人的病很快就好了，还生了个大胖儿子。

难道植物也要"吃醋"？因为榕树容不得主人分心，于是在"妒忌心理"的作用下释放出只对女主人起作用的毒素？这是真的吗？事件的真相还是让科学家们的进一步研究来解释吧！

不过，植物对人类的一些影响确实不容忽视。比如人的大脑对生物碱会有反应而产生嗜酒的念头，所以有几种仙人掌释放出的生物碱，就可能使贪杯者变成不可救药的酒鬼。西红柿可能成为你失眠的原因——如果你把西红柿植株放在卧室里过夜，又忘了给它浇水，它就会释放"清醒剂"，"说"它渴了。此外，还有其他植物，如虎尾兰、常春藤和玫瑰等，容易加剧人的失眠。当然，有些植物也会"讨好"人，如天竺葵和老鹳草，就容易使人平静。

除此以外，科学家们还观察到，除了不能"到处跑"，植物还能像动物那样有效地，有时甚至是迅速地对刺激做出反应。

是啊，植物并非完全任由人类摆布，任由动物奴役，它们有它们的特殊智能。尊重世间万物，与它们和谐相处吧！

"奥林匹亚"和蚂蚁筑巢

——"群集智能"的启示

"劈劈啪啪，劈劈啪啪……"随着这"劈劈啪啪"声，一团团黑色的物体从火丛中滚了出来。仔细一看，它们竟然是一团团蚂蚁。随后，那一团团蚂蚁越滚越小，外面一层的蚂蚁在火焰的吞噬下，一只只被烧死，一层层被剥落。可是，里面的蚂蚁在外层的保护下，幸存下来……

这是一个徒步的旅行者在深山丛林中看到的一幕。他被这一幕惊呆了——蚂蚁为了保存它们的种群，有何等的智慧和牺牲精神啊！

其实，蚂蚁的智慧和牺牲精神我们早已熟知——比如，功能优异、巧夺天工的蚁巢就是它们的杰作。

并不是有了一群蚂蚁就总能建筑蚁巢。昆虫学家们在一个大的玻璃容器里放入食物和适于筑巢的土壤，然后放进了制造蚁巢非常出色的几十只蚂蚁。他们透过玻璃容器看到，这些蚂蚁在不断忙碌，将细小的泥土搬来搬去。可没想到，几天过去之后，蚂蚁们一事无成——容器内连一个小小的土丘都没有。这是为什么呢？

为了揭开这个谜，昆虫学家们进一步实验——这次放进了几百只蚂蚁。结果，蚂蚁们只用了两天，就造出了两个细小的泥柱。遗憾的是，后来就再也无所作为了——仍然只是忙碌地把泥土搬来搬去。

有了前面的经验，昆虫学家们把蚂蚁的数量增加到几万只。渴望的"奇迹"出现了：有良好的通风、排水系统，专门的储藏室和菌房等等的高耸蚁巢，呈现在他们的面前……

虽然昆虫学家们至今没有完全搞清，蚂蚁们是如何通过信息交流来相互协调工作的，但很明显，少数蚂蚁永远不能造成蚁巢——只有足够多的蚂蚁才能建造适合它们居住的"安乐窝"。

其实，单个蚂蚁的智力水平很低，工作也"自由散漫"。可是，一旦形成群体，就有分工协作的"团队精神"去创造"奇迹"。为此，人们把蚂蚁、蜜蜂和其他群居昆虫的集体行为称为"群集智能"，由此产生积极效果的现象，称为"群集智能效应"。群集智能引起的思维共振方法，叫"智力激励法"——20世纪时髦的名字是"头脑风暴法"。

被用来解决许多问题的"头脑风暴法"，是由"创造之父"、BDO广告公司（BDO advertising agency）的经理、执行董事——美国创造工程学家、发明家、作家亚历斯·费肯·奥斯本（1888—1966），在1939年首先提出来的。著名的"BDO"，是由美国作家与政治家布鲁斯·费尔柴尔德·巴顿（1886—1967）、美国广告商与作家罗伊·萨尔勒斯·德斯廷（1886—1962）和奥斯本三人，在1919年创办的。9年之后的1928年，"BDO"与已经辞世的乔治·巴顿（1854—1918）

蚂蚁的巢穴：兵蚁把守入口让"闲人免进"，谷仓里工蚁把植物种子切成小球，工蚁在温室里铺上细沙和植物叶片，墓地里安放着同伴的遗体，工蚁运来的昆虫尸体放在粮仓内，忙碌后或冬眠时蚂蚁们在休息室睡眠，某些种类的蚂蚁在菌房种养菌类或蚜虫，工蚁在3层的育婴房养育出百万计的"接班人"，蚁群中唯一能生育的蚁后在蚁后室里的15年中平均每小时约产1500粒卵

图中标注：①入口　②谷仓　③温室　④墓地　⑥休息室　⑦菌房　⑤粮仓　⑨蚁后室　⑧育婴房　工蚁　蚁后　兵蚁　雄蚁

创办的广告公司，合并为BBDO广告公司。

蚂蚁的群集智能主要表现在两方面。

第一方面是，随着群体数量的增大，集体智慧也会增强，从而使群体具有复杂的社会性——这在

团队精神：蚂蚁合力撕扯昆虫

"蚂蚁的巢穴"图和图下面的文字说明中可以明显地看到。这方面给我们的重要启示是："1+1＞2"。

在科学史上，"1+1＞2"的实例比比皆是。

1902年2月，爱因斯坦来到瑞士伯尔尼。为了谋生，他打了一个当物理学家庭教师的广告。3月初，后来成为哲学家和数学家的瑞士伯尔尼大学哲学系的罗马尼亚学生莫里斯·索洛文（1875—1958），在大街上看到广告，就按广告上的地址找到了他。

"师""生"二人一见如故——海阔天空地连续聊了两个小时。爱因斯坦真诚地对索洛文说："坦白地说，你不用听物理课了，讨论问题更有趣味儿。你什么时候都可以来，我爱和你讨论问题！"

几个星期以后，又有一个准备去中学教数学的青年（后来成了数学家）康拉德·哈比希特（1876—1958）也参加进来。三个人每天共同学习、讨论了大量哲学、自然科学问题和文学名著。

后来，爱因斯坦在苏黎世工学院的同学——意大利人米歇尔·安杰罗·贝索（1873—1955），也加入进来了。他们诙谐地称这个讨论小组是"奥林匹亚学院"（Akademie Olympia），爱因斯坦被叫作"院长"。取这个名字是因为他们有时在一家名为"奥林匹亚"的小咖啡馆聚会。他们通常轮流在各家讨论爱因斯坦确定下来的与物理学有关的哲学问题——有时通宵达旦。这些年轻人思想活跃，形成思维

共振，智力激励，优势互补。这样的活动，持续了三年半——尽管1902年6月23日爱因斯坦就正式到专利局去上班，其余三个人也先后于1904、1905年"各奔西东"，而且从事的学科不同。尽管"相聚的光阴匆匆"，但后来他们一直保持友好的联系，直到生命的终点……

三年半的聚会，对爱因斯坦后来的成就起了极为重要的作用。当半个世纪以后，"奥林匹亚学院"的"院士"们在回忆这段"同学少年，风华正茂"的日子时，都感到"极为快乐"。正是这段时间的"1+1 > 2"的思维共振，爱因斯坦才有后来创立相对论等成就。

1953年4月3日，爱因斯坦给索洛文、哈比希特的回信中写道：

"致不朽的奥林匹亚学院：

"你的三个成员都表现得坚韧不拔，虽然他们都已经有点老态龙钟，但是你那纯朴天真的、朝气焕发的光芒的所有分子，至今仍照耀着他们孤寂的人生道路，因为你并没有因他们一起衰老，而却像莴苣根那样盛发繁茂。

"我永远忠诚和热爱你，直到生命的最后一刻。"

量子力学的创立者之一、1933年诺贝尔物理学奖的两位得主之一——奥地利物理学家薛定谔（1887—1961），也有类似的经历。

1903年，左起：哈比希特、索洛文、爱因斯坦

20世纪30年代，薛定谔在哥本哈根参加了一次由许多知名科学家自由出席的讨论会，讨论的主题是基因的突变与染色体的物理性质。尽管薛定谔对生物科学并不熟悉，但是讨论会上热烈、活

跃的气氛深深地感染了他，奥妙无穷的生命现象更引起了他浓厚的兴趣。受到这一激励，他开始用量子力学的理论来探索生命的奥秘。

薛定谔

1944年，薛定谔用量子力学的观点写了一本名叫《生命是什么？——活细胞的物理面貌》的书。不少科学家由此受到启发，形成思维共振，转而致力于基因的研究。英国生化学家克里克（1916—2004）和美国生化学家沃森（1928— ），就是在读了这本书后，才投身于遗传物质基因的研究，发现了DNA双螺旋结构模型，从而与英国分子生物学家威尔金斯（1916—2004）共享1962年诺贝尔生理学或医学奖的。

在数学史上，法国著名的布尔巴基学派能从1939年开始出版影响深远的《数学原本》，也得益于他们在讨论会上的思维共振与团结合作。

第二方面是，蚂蚁群体能从无数条可能的路线中，正确找出接近食物源的最短路线。

原来，蚂蚁会释放一种叫信息素的化学物质，这种化学物质可以吸引其他蚂蚁。比如，两只蚂蚁同时离巢走不同的路线到达食物源，就用信息素留下踪迹。那只走较短路线的蚂蚁来回的次数多，留下的信息素就多。这样，同巢的蚂蚁就被吸引到那条较短的路上。随着越来越多的蚂蚁走这条路线，这条路线的吸引力也就越来越大。可见，蚁群的高效行为来源于个体遵循两条规则约束下的群体活动。这两条基本规则是：释放信息素，跟踪其他蚂蚁留下的信息。

不只是科学家从蚂蚁的第二方面的群集智能中得到启发。

2000年，美国西南航空公司的飞机，平均只用了7%的货舱空间，但有些机场却没有足够的空间来存放装载的货物。当时，员工们尽力把货物装到开往目标方向的第一架飞机上，白白浪费了大量的时间，把货物搬来搬去，有时还在目的地机场已不能容纳更多货物的情况下，不得不把货物又塞进飞机。

为了解决这个问题，美国西南航空公司拜蚂蚁为师。研究人员发现，蚂蚁凭借一些简单的规则，总能找到更好的食物搬运路线。仿此，他们得知把货物留在起初并不开往目标方向的飞机上效率更高。例如，如果要把一批货物从芝加哥运往波士顿，可以把这批货物留在先开往亚特兰大然后飞往波士顿的飞机上，要比把货物从飞机上卸下来再装到下一班飞往波士顿的飞机上，效率更高。

采用这种方法之后，货物转运率降低了80%，搬运工人的工作量减少了20%，美国西南航空公司每年也从中多赚了1 000多万美元。

谁是塞伦盖蒂之王

——大草原上的"管理法则"

非洲有一个名字奇美的大草原——塞伦盖蒂。它位于坦桑尼亚格鲁山以南，和非洲沙漠一样个性鲜明：广袤无际，人迹罕至，却令人心驰神往。

非洲大草原

在那美丽的地方，生长着一种甘甜的草——糖分大都集中在根茎部。这似乎很符合植物生长的逻辑，营养应该首先积淀于靠近营养的"进口"处。但是，这却不符合植物生存的逻辑：最美味的部分是根茎的植物，更易遭灭"根"之灾——差不多所有的动物都是嗜糖的，并且它们爱吃根茎胜于枝叶而常把草连根拔起。在中国西部、非洲南部的沙漠，甜草就是这样被羊和牛啃光的。

塞伦盖蒂的这种甜草至今没有绝迹，简直就是奇迹。是气候挽救了它们，还是这里缺羊少牛呢？

不，这些都不是！草原东部生活着40多万只高大的牛头羚——一种集羊的善啃和牛的海量食量为一体的食草动物。按食量计算，这些牛头羚足以在一个月内将塞伦盖蒂的草啃光。但事实是，这里的甜草依旧郁郁葱葱，生机一片……

奥秘究竟在哪儿呢？

原来，这里的牛头羚们从没停下脚步仔细品尝过草的味道——只是匆匆地将草的枝叶捞上几大口就仓皇而过，然后奔向另一片草原。因为，它们身后有"追兵"——猎豹、狮子、老虎和土狼。正是有这些"追兵"，它们无暇对甜草根茎的美味挑三拣四；加之消化得不充分，草籽未等胃液腐蚀就被重新播种在草原上。

　　正是这种奔波生息，牛头羚们就把在那片草原上吃的草籽带到另一片草原上，造成了草的杂交。

　　按这个逻辑推下去，只需数十年的吃吃拉拉，塞伦盖蒂的草就会变成单一品种。别发愁，趣事还有——这里草的品种依然繁多。

　　这又是为什么呢？原来，牛头羚一般每天只跑几千米，而且祖祖辈辈都在同一条路径上来回，所以这种杂交只是在小范围内，草的种类没有多大改变。而且各草种之间的过渡平缓——这对植物品种的多样性保持具有相当重要的意义。

　　感谢这种类繁多的草，感谢这美丽的草原。正是你养活了这数十万只牛头羚！

　　牛头羚个头庞大，力量惊人，行动迅捷。如果数十万只牛头羚齐心协力，足以收拾地球上任何一类物种。但遗憾的是，它们至今没划入猛兽之列。不但如此，它们反而时刻遭受着草原上其他食肉者的威胁。

　　原来，遇到猛兽袭击的时候，牛头羚们从不团结抵御，而是各自惊慌奔逃，将弱小者甩在队伍的尾部。更令人气愤的是，当弱小的同类被捕以后，所有的牛头羚都会停下脚步，长喘一口气，在猛兽的近旁啃起草来。因为它们知道，如果有一只同类被杀，就会换来片刻的安宁。而猛兽也和牛头羚达成了默契：有一只供食了，就不再"得寸进尺"。更难理解的是，即使是受害者的母亲也怡然自得——断然不会挺身而出保护自己的亲生骨肉。所以有人戏说：母牛头羚是天底下最不称职的母亲。不过，母牛头羚也有它的逻辑：猛兽每天总要捕食数只牛头羚，自己的儿女如果跑不过身后的大敌，即使这次被保护下来，也会在下次被捕杀——所以，不必拿自己的生命做代价去暂延一个注定要早亡的儿女的生命。

猎豹

多么可怜的、弱小的牛头羚啊！

说到这里，也许你会想，如果长期优胜劣汰下去，牛头羚会不会进化成一种过于强大的动物呢？

别急，还有一个草原逻辑：弱小者淘汰，强大者暴亡。因为，强大者担当着对未知环境不断探索的重任，始终奔跑在队伍的前列，还要为争夺配偶而决斗，体力消耗大，更得面对众多的挑战和危险。就这样，牛头羚中寿命最长的，是中等强壮者，牛头羚始终没有进化成草原之王。

万物皆有王，塞伦盖蒂之王会是谁呢？按人类直线思维的逻辑，力量最大、速度最快、能力最强者占尽先机，自然"王"也。

狮子的确是"百兽之王"！但事实上，力量最大的狮子跑不过猎豹——陆地上跑得最快的哺乳动物，速度可达120千米/时。它们还有一定的作战智慧，偶尔也能成功地围剿狮子，上演一幕狮口夺食的险剧。

狮子

猎豹是王吗？也不。因为猎豹时常遭受其他猛兽的袭击——不但会丢掉猎物，还会搭上自家的性命。

事实也说明猎豹不是草原之王——数据表明，非洲的豹和狮都已濒临灭绝。

那么，草原还有王吗？

答案似乎有了——生物学家说，猎豹和狮子的口中之食，常常被犬科动物非洲土狼热乎乎地抢去。

非洲土狼没一般的狼那样飒爽，个头不大，形态猥琐，面貌丑陋，体型距流线型相去甚远；在猛兽中差不多是张开角度最小的口，使咬合面积和力量都受到较大限制；爪子适宜刨土，但不大适宜格斗和攀爬。所以，无论从哪个角度看，土狼都远不是猎豹和狮子的对手。

因为土狼的耐力比猎豹强，所以土狼往往首先挑起与猎豹的争战。土狼滋扰猎豹，猎豹奋起追咬，土狼拔腿就逃；猎豹停下歇息，土狼再行滋扰。如此你停我扰，你追我逃，个把钟头之后，猎豹就累得大气长喘。这时，两只前后夹击的土狼就能置一只猎豹于死地。

按说，土狼就是草原之王了？也不是！

原因至少有两条。土狼更多地依赖其他猛兽坐享其成，还偏嗜腐食——没有必要进化到各方面都超群出众；土狼常"兄弟反目"，刚才还齐心协力地对付猎豹，得了肉食，又开始了自相残杀。这种"窝里斗"，在土狼群里太常见不过了。其次，土狼是打洞穴居的，而塞伦盖蒂的雨常突然来临——暴涨的雨季洪水，使 1/4 来不及逃走的土狼淹死"家"中。

土狼

那么，草原上还有王吗？是不是该封给那些味道甘甜的草呢？

带刺的巢窠
——动物的生存智慧

常言道，金窝银窝不如自己的"狗窝"。有了"狗窝"，"在你受惊吓的时候，才不会害怕"。为此，建一个"狗窝"成了人类和动物界的头等大事，并想方设法让它安乐、舒适。不过，雕类却与众不同——总要费尽心机在自己的"雕窝"里放上许多带刺的树枝。

金雕

唉，真是难以理解！但这究竟是为什么呢？

那就让我们走进美国科罗拉多州的大峡谷探个究竟吧！

美国科罗拉多州大峡谷中的雕类，总是在自己的"雕窝"里放上带刺的树枝——不顾劳顿，一天飞行300多千米，去寻找那种被称为"铁树"的带刺的树枝。铁树枝不仅像它的名字一样坚硬，而且枝上还生着许多刺，这些刺可以使得雕巢能够牢固地建在峡谷的悬崖上。

不过，精彩还在后面！

巢建好后，雌雕要在上面铺上树叶、羽毛、杂草，防止幼雕被刺扎伤。它们真糊涂，早知如此，何必当初呢？那它们为什么要这样做呢？

原来，幼雕出生后，在窝里渐渐长大，并开始在窝内争夺生存空间。同时，它们对食物的需求量迅猛增加，以致雌雕再也满足不了它们的需求。这时，雌雕本能地感到，为了让这窝幼雕生存下来，就必须让它们离巢，自己去捕食。

美国科罗拉多大峡谷

为了激发幼雕的独立生存能力，雌雕开始撤去巢内的树叶、羽毛等物，让树枝的尖刺显露出来。巢变得没有从前那么舒适了，幼雕们只好纷纷躲到巢的边缘上。这时，雌雕抓住时机，逗引它们离开巢穴。在母亲的逗引下，幼雕开始尝试离巢。当然，离巢之后，它们就本能地扑打翅膀阻止自己向下坠落。对于幼雕来说，接下来的事情再自然不过了——它们开始学习飞行。是的，拒绝坠落，就必须飞翔！

哦！真正的缘由竟在这里——这是一种深沉的母爱，更是一种生存的智慧。

然而并非所有的动物妈妈都像雌雕那样充满"母爱"。

普通欧洲蛙一次可产数千粒很小的卵。让人唾弃的是，雌蛙产卵后根本不照管自己的"亲生骨肉"。因此，幼体成活率很低。唉，真是"冷酷无情"！

不过，同科的动物和它却有天壤之别。例如，有毒负子蟾仅产数十粒卵，卵粒很大，由于亲体的精心照料，幼体成活率就较高——母爱的多少与成活率有很大的关系。我们不禁要问，同是"母亲"，为什么有的煞费心机爱护幼体，有的根本不把它当作一回事呢？还是让我们听听英国鸟类学家 D.拉克的分析吧。

普通欧洲蛙

早在1954年，拉克就发现，不同的鸟类在产卵上存在着质和量的差异。为保证幼鸟成活率最大，不同的鸟类有不同的高招。例如，体形大小相似的物种，如果产卵大则卵的数量就少，反之卵越小则数量上就会越多。在一个区域内食物是有限的，想把这有限的食物用来保证物种的继续繁衍，必然要在保幼力和生育力上做出选择。于是只有正常的两种选择：低生育力，高护幼力；高生育力，低护幼力。

原来，普通欧洲蛙妈妈和有毒负子蟾妈妈都是一种对种族的保护，是一种求种族生存的自然选择。当然，这种选择也体现了动物的生存智慧。

有毒负子蟾

松塔和马铃薯

——大自然的"管理规则"

屋梁松与它结的松塔

你听说过"屋梁松"吗？它是一种坚固笔直，生长在茂密松树林中，常被用作房屋顶梁的松树。最有意思的是，这种松树结的松塔可以挂在树上几年也不脱落，即使松塔落在地上，因为其鳞片结构特别紧密，无论狂风烈日，鳞片都不会张开。唯有在强大的高温作用下，松塔才会绽开，释放出种子。

每当春天万物复苏，别的种子都在生根发芽，长成小小的树苗。可是，屋梁松的种子却毫无动静，仍被紧紧地包在松塔里沉睡，暗无天日，与世隔绝。

可怜的屋梁松种子啊，命运对它太不公平——干吗总是把它束缚在松塔里呢？

别急！让我们耐心等待——等待"时来运转"！

机遇来了。有个夏天，某地区的森林发生山火，吞噬掉大片的树林。在熊熊燃烧的大火里，屋梁松塔的种子终于出来了。"祸兮福所倚，福兮祸所伏"——由于有坚固的种皮保护，这些种子才安然无恙。

山火过后，触目皆是植物的灰烬，使土壤获得了丰富的养分，加上空间、日光、水分异常充足，非常适宜种子生长。就这样，在第二年春季，劫后余生的屋梁松种子破土而出，长得漫山遍野，生机一片……

在那一带，因为不会储藏种子，别的树种很少见——因为每逢大火都只能坐以待毙。而这时的屋梁松，总能最早占领"地盘"，渐渐成为那里分布最广的树种之一。

这一切，都得归功于那坚硬顽固的松塔。是啊！短暂的黑暗禁锢，正是为了种子未来更长久的光明和更加美好的明天。

其实，每个人的成长都需要"松塔"式的保护。时机未到之时，不必为怀才不遇而懊恼，更不要怨恨环境的束缚。藏在生命的松塔里，最能储备你的能量——要尽可能地积蓄。然后等待最适合的时机，破壳而出，成为一棵挺拔的"屋梁松"！

现实世界中的万事万物都有生存、发展的客观规律，存在并非彼此孤立，而是有千丝万缕的关系。这就是大自然的"管理规则"。自然界如此，经济社会、企业管理也是如此，我们可以从一种事物的发展变化，推断出另一些事物的变化规律，并得到有益的启示和借鉴。

智利是位于南美洲安第斯山脉西麓的国家，由于历史的原因，一度外债高筑、经济滞后，连粮食也要依赖进口供应。为了改变这种状况，好管闲事的美国人决定派遣一个农业考察团前往智利，为那里的人们提供必要的农业技术指导，提高农作物产量。

安第斯山脉盛产马铃薯，几千年来是智利人的主要食品。但是，经过实地考察之后，美国农业专家发现，尽管已经积累了如此之久的种植经验，当地的农民好像还没有发展出现代化的产量技术。例如，产地位处贫瘠的高地，每块田地的形状并不规则，而且布满了大石头，种植着产量不一的多达十余种的马铃薯。又如，农民缺乏完整的收成规划——没有采收在偏僻、地形崎岖处的马铃薯，而是任凭它生长。

美国考察团认为已经发现了问题的根源，就很快地提出了改良的建议——挑选高产量的马铃薯品种，广泛改良种植技术，重新整理田地，除去巨石与杂草。根据科学预计，起码可以比过去的产量增加15%，刚好可以弥补智利粮食不足的缺口。

事情似乎解决得很顺利，现代科学似乎可以轻易地解决一些自然界的问题。

可事与愿违。这种改良的结果，却给当地的农作物产业带来了近乎毁灭性的灾难——粮食问题不但没有得到解决，反而引发了更严重的饥荒。因为农业专家短期的观察，根本无法与安第斯山脉的农民数千年的经验相比。专家们只是考虑从作物品种、土壤条件、种植方法等可控因素方面去寻求解决问题的途径，却忽略了或没有观察到那些不可控因素可能造成的损害。

比如，当地频频发生意外的天然灾害，春天半夜的冻霜，夏天毛毛虫的侵害，微生物在马铃薯成形之前所造成的破坏，甚至冬天太早来临，都可能影响到当年的收成。

也恰恰是在这样严酷的自然环境之下，当地的马铃薯发展出了抵挡灾害的能力。每当天灾之后，农民就会前往偏僻角落、巨石与杂草间，寻找幸存的马铃薯块茎——具有抗自然灾害能力的品种。虽然当时可能会面临粮食不足的窘境，但是明年却可以种植多品种马铃薯，应付不同的灾害。

由此可见，多样化的品种、看上去并不科学的收成规划、美国农业专家认为没有效率的种植方式，却正是智利农民求生的变通之道。美国农业专家们失败的根本原因，则是忽略了大自然的管理规则。

马铃薯

生态学称有效率的农业为"单一收成"——可以保证在短期内有丰富的产量，但却可能影响长期稳定的收益。一方面，反复的土地利用，会使土壤养分枯竭，破坏生态系统内自然循环的涵养，也威胁到当地动植物的生存；另一方面，单一收成降低了对环境风险的抵御能力——一旦出现变化，可能会对整个生产系统产生毁灭性的打击。

动物数量调节之谜
——大自然的"负反馈理论"

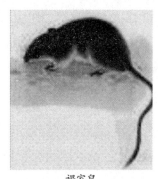

褐家鼠

大千世界，芸芸众生，有的物种繁殖能力强，有的物种繁殖能力差。那么，是一种什么力量使它们都能维持在一定的数量范围内并正常生长呢？动物生态学家研究发现，它们的数量调节完全是靠自身的"负反馈作用"。

众所周知，有的动物有很高的繁殖量，而有的动物却繁殖量较差。这种繁殖力上的差异，在某种意义上又趋于协调。贝类、鱼类就有很高的繁殖量，能产出上千万的卵，但能生存和生成幼体的只有百分之几，甚至千分之几；所以它们和低繁殖量的动物在繁殖能力上差别不大。属于高等动物的鼠类也是繁殖"英雄"。对褐家鼠进行的试验观察表明，它们达到性成熟只需 60 ~ 90 天，孕期 21 天，产后即可再次受孕，全年都可以繁殖，平均胎仔数 8 ~ 10 只。在实验室内满足其生存繁殖需要的条件下，一对褐家鼠一年可繁殖 1 500 只后代——如果一个家庭里有 10 只雌鼠，一年就会有 15 000 个后代。那么，这不成了"鼠满之患"吗？

动物生态学家研究发现，褐家鼠的数量却存在周期性的变化。又如，挪威旅鼠每 3 ~ 4 年就出现一个高峰，棕背鼠每隔 4 ~ 5 年也会出现一次高峰，新疆小家鼠每隔 10 年有一次"大爆发"。如果没有自然调节，高峰年之后就是持续的、越来越凶猛的"鼠灾"。自然界并没有发生鼠灾，而是在"高峰"之后，紧接着就会逐渐下降到"低谷"；低谷维持一定时间之后，再来一个上升期并达到又一个高峰，如此循环不已。其他小型哺乳动物，也差不多都有这样的规律。

那么，动物的数量为什么会有这种周期性的变动呢？又是什么因素调节着动物的数量变化呢？

俄罗斯科学家斯平朗斯基把一批小白鼠分成两组做试验。第一组，让几十只小白鼠眼睁睁地看着自己的一个伙伴吃过量的毒鼠药，然后死去。第二组，他抓住一只小白鼠，并不把它毒死，只是让它的伙伴看着它被逮走。

从表面看，这两组小白鼠对自己的伙伴的"厄运"都没有什么特别强烈的反应。

可是，不久后发现，第一组的小白鼠的受孕怀胎率比第二组的小白鼠的受孕怀胎率高了一倍。

在灭鼠实战中也会碰到这样的情况：如果一次灭鼠效果不怎么好——例如只灭掉一半的鼠，只要经过短短几个月，老鼠密度又很快恢复到灭鼠前的数量，甚至比以前数量更多。

低等动物也有这种例子：俄罗斯一个农场的一块棉田，撒了许多农药，棉铃虫大量死亡之后，又会大群大群地冒出来。

这究竟是为什么呢？

原来，当一些动物（如老鼠）被毒杀的时候，会发出某种信号，传给幸存下来的动物。那些"漏网分子"，在接收到同伴临死的时候发出的"紧张刺激"的信号之后，会通过感觉通路，作用于性腺、垂体，使

实验用的小白鼠

性激素分泌增加，排卵增多，胚胎着床率也增大。这样一来，繁殖的数量就增加，种群密度就上升了。所以，杀虫、灭鼠之后数量会暂时上升。

当动物种群数量增加到一定程度之后，又可以通过自身的作用，使社群压力上升，动物性激素分泌减少，排卵减少，存活率下降，死亡率增加。这样，动物的种群数量也就下降了。这就是调节动物种群的数量的杠杆——大自然的"负反馈理论"。

这种动物种群数量调节的负反馈理论，在动物生存学上是一个引人注意的新理论，有其广阔的发展和应用前景。

一山为何不容二虎
——有趣的"生态位现象"

虎在山上行，鱼在水中游，猴在树上跳，鸟在天上飞，这是再自然不过的事了。可为什么这些生物要在不同的空间生存呢？

草履虫

我们先来看一个"生态位"实验。

一天，一位俄罗斯的戴眼镜的中年人走进一间实验室，把双小核草履虫和大草履虫，分别放在两个相同浓度的培养基中。

几天后，中年人发现它们的种群数量都呈"S"形曲线增长。接着，他把它们又放入同一环境中培养，并控制一定的食物。16天以后，培养基中只有双小核草履虫自由地活着，而大草履虫却消逝得无影无踪。在培养过程中，他对现场进行过仔细观察，没有发现一种虫子攻击另一种虫子的现象，也没有看见有虫子分泌出什么有害物质；只发现双小核草履虫在与大草履虫竞争这些食物的时候，处于优势。最终结果是，大草履虫被"赶出了"培养基。

于是，他又做了另一个试验——把大草履虫与另一种袋状草履虫放在同一个环境中培养。结果，两者都能存活下来，并且达到一个稳定的平衡水平。原来，它们虽然也竞吃同一种食物，但袋状草履虫吃的是——食物中大草履虫不吃的那一部分。

做这个试验的中年人，叫格乌司。后来，人们就把他的这种发现称为"格乌司原理"或"价值链法则"，也叫"生态位现象"。

"生态位"（ecological niche）一词，是美国博物学家、优生学家罗斯威尔·希尔·约翰森（1877—1967）在生态学论述中于 1910 年最早使用的。而法语"niche"一词，则是指在墙上雕像站立的壁龛。1917 年，美国生物学家、动物生态学家约瑟夫·格林奈尔（1877—1939）在《加州鸫的生态位关系》一文中用了这个词之后，就逐渐流传开来。英国动物学家、动物生态学家查尔斯·萨瑟兰·埃尔顿（1900—1991) 于 1927 年出版的《动物生态学》一书——他的经典著作，首次把生态位概念的重点转到生物群落上来，并给出了比较详尽的定义。

　　简略地说，生态位是生物存在发展的客观位置。在生物界，大自然尽量用时间、空间或不同的食物，错开各种生物的位置。如亲缘关系接近的、具有同样生活习性或生活方式的物种，不会在同一地方出现。如果它们在同一区域内出现，大自然会用空间把它们隔开——例如前面说的"虎在山上行，鱼在水中游，猴在树上跳，鸟在天上飞"。如果它们在同一地方出现，必定是吃不同的食物——例如虎吃肉，羊吃草，蛙吃虫。如果它们吃同一种食物，那它们的觅食时间必定会错开——例如狮子白天寻食，老虎傍晚觅食，狼深夜找食……

　　与狼相比，羊似乎是弱者。自有狼以来，羊从来也没有在这个地球上消失过——仍旧在生生不息地繁衍，并且物种不断进化。这里一个重要原因，就是羊选对了自己的生态位：吃草、群居、跑得更快……

　　按照格乌司原理，一个物种只有一个生态位，但并不排斥其他物种的侵占。一山不容二虎，并不是说这山的老虎不能到那山——老虎饿了哪里都能去，但是，过去之后就会发生一场生死搏斗——这种现象在商界就叫市场竞争。竞争是大自然的生存法则——正如下面的一个童话故事。

　　非洲大草原的动物，太阳一出来，它们就开始奔跑。狮子的妈妈在教育孩子："你必须跑得快一点，再快一点，你要是跑不过最慢的羚羊，你就得饿死。"在另一场地上，羚羊妈妈也在教育自己的孩子："孩子，你必须跑得快一点，再快一点，如果你不能比跑得最快的狮子还要快，你就要被它们吃掉。"

人类也有自己的生态位——每个人群、每个个体。人类的生态位优势是智慧，每个个体的生态位是特长。用生态位法则审视教育，培养学生的特长就尤其重要。

有人考察过，在武汉一条长不足 1 000 米的大街上，排列着十几家酒店——生意都不错。这是为什么呢？因为他们都有自己的特色——彼此错开生态位。例如，"艳阳天"以气势宏大为特色，"醉江月"以物美价廉为特色，"世外桃源"以休闲娱乐为特色……在同一条街上，由于他们"八仙过海"的不同特色，使自己的生态位不与同行重叠，使这里的餐饮市场得到最大利用。

实在错不开，弱势物种为了保护生存空间就要进行合作——请看下面的寓言故事。

在非洲大草原上，如果看到羚羊在奔跑，那一定是狮子来了；如果看到狮子在躲藏，那一定是象群在发怒了；如果看到狮群或象群集体逃命，那是蚂蚁军团来了。这就是合作的力量。作为有智慧的人，合作更是生存与发展之道。

生态位现象给我们的启示是，世界上任何事物的存在与发展，必须找准自己的"生态坐标"。否则，就会影响存在与发展，甚至导致消亡。

狮子

老虎

一个童话说，两只老虎，一只在笼子里，一只在野地里。在笼子里的老虎三餐无忧，在外面的老虎自由自在。两只老虎经常进行亲切的交谈；笼子里的总是羡慕外面的自由，外面的却嫉妒笼子里的安适。一天，一只老虎对另一只老虎说："我们换一换位置吧。"另一只老虎同意了。于是，笼子里的老虎走进了大自然，野地里的老虎走进了笼子里。从笼子里走出来的老虎高高兴兴，在旷野里拼命地奔跑；走进笼子里的老虎也十分快乐，它不再为食物而发愁。但不久，两只老虎都死了——从笼子中走出的获得了自由的同时，却没有获得捕食的本领，饥饿而死；走进笼子的得到了安适，却没有得到在狭小空间生活的心境，忧郁而死。

同样是老虎，但各自的生态位完全不同——因没有认清自己的生态位，都走向了死亡。

大自然给每一个人或每一群人都提供了一个适应其生长的特殊环境——生态位，且每一个生态位都具备一定的优势，因而一定要找准自己的生态位，这样干什么都容易成功。反之，如果偏离了生态位，往往容易招致失败。

狼　　　　　　　高鼻羚羊

平等互利才能发展
——动物也守"经济法则"

　　说到人类在长期的生存竞争中悟出并形成了各种"经济法则",大家并不奇怪或陌生。不过,你知道吗?动物也有它们的各种法则,并也像人类一样严格遵守。甚至在某种程度上说,人类悟出的很多法则也是受了动物的启迪。

德·瓦尔

　　受聘于美国埃默里大学等大学的心理学、动物行为学教授——荷兰心理学家、动物学家和生态学家弗朗西斯·伯纳德·马里亚·(法兰斯)德·瓦尔(1948—)博士,曾经在 20 世纪 90 年代的一期《科学美国人》(*Scientific American*)杂志上撰文说,动物的经济倾向与人类有相似之处——具有公平意识,知道怎样得到好处,知道分享、合作与礼尚往来。

　　为了证明这一观点,瓦尔等做了一个有趣的试验——让几对卷尾猴把礼券递给研究人员,以此换取食物。试验开始的时候,每一对猴子都得到同样的奖赏———一片黄瓜。这些猴子都很愿意配合——在 95% 的情况下,都把礼券递给研究人员,然后高兴地接受并享用食物。

　　接着,研究人员开始给两组猴子不同的待遇——其中一组吃甜甜的葡萄而不是淡而无味的黄瓜。此时,受到"低猴一等"待遇的猴子们突然开始反叛——本来很高兴地接受黄瓜的猴子,在看到同伴得到葡萄的时候,不再接受黄瓜。有的开始罢工,不再传递礼券;另一

黑帽卷尾猴母子

些虽然接受了黄瓜，但不愿意吃。甚至，它们大发脾气，把黄瓜扔出笼子，只有60%的猴子才继续合作。

更有趣的是，当其中的一只猴子没有做任何事情而得到了奖赏的时候，同伴们的反应就会更加激烈——有80%的猴子拒绝继续参加试验。

这个试验告诉我们，猴子天生有公平意识！如果受到了不公正待遇，它们会发脾气。

看来，求公平、公正不是人类所特有，连动物也有。

不过别急，德·瓦尔教授有趣的试验还没完。德·瓦尔教授等人将两只卷尾猴分别关在两个相邻的笼子里，并将两只装满食物的杯子放在笼子外面一个可移动的托盘上，托盘连着拉杆，伸进猴子笼。由于托盘很重，一只猴子拉不动，于是两只猴子共同拽动拉杆，将托盘拉到伸手可及之处。一只猴子动作很快，一把抓住食物杯，并松开了拉杆；而反应慢的那只猴子，则急得大喊大叫。但那只得到了食物的猴子在大快朵颐之后，并没有抛弃自己的同伴——而是再次拿起拉杆，帮同伴得到了盘中餐。

由此可见，卷尾猴的这些行为与人类的经济交换相当接近，即懂得相互协助、相互利用、相互帮助、追求平等，等等。

卷尾猴会遵守经济法则，那其他动物呢？

灵长目动物狒狒，也有它们的交换法则。雌狒狒天生喜欢狒狒婴儿——不仅对自己的孩子如此，对其他的孩子也一样。狒狒妈妈都对孩子呵护备至，不会让其他狒狒来逗弄自己的宝贝。为了有机会接近"别人"的孩子，雌狒狒会为别的狒狒妈妈梳理毛发，借此机会多看婴儿两眼。狒狒妈妈得到了梳理毛发的服务之后，也会放松戒心。通过梳理毛发"买"来接近婴儿的时间——这就是狒狒之间的交易。如果狒狒群体的婴儿较少，"交易价格"就会贵一些——雌狒狒给别的狒狒妈妈梳理毛发的时间就要延长。

寄居蟹由于其特殊的需求，也有自己的"房地产法则"。寄居蟹的腹部较软弱，需要坚硬的外壳来保护，它们用海螺等动物遗弃的外壳作自己的房子，"变废为宝"。寄居蟹会长大，但外壳却不会变。长大了的寄居蟹就要抛弃旧房，寻找新屋。它们可能会住进别的寄居蟹腾出来的旧居，也可能强行占领其他同类的房子，合理利用现成资源。从这点来看，自然界的房地产也和人类一样——由于自然选择而不断地更换房屋。

裂唇鱼是一种小海鱼，它以大鱼身上的寄生虫为生——因此俗称"鱼医生"。裂唇鱼需要生存，大鱼需要去除身体上的寄生虫，它们之间的交易是一个互利共生的绝妙例子。

裂唇鱼一般都在礁石附近等着大鱼上门"治病"——把"病人"体表、鱼鳃，甚至嘴里的寄生虫一口一口地吃掉。裂唇鱼的"顾客"有两大类——只在当地活动的鱼和四处周游的鱼。只在当地活动的鱼没有多少选择余地，只能找固定的裂唇鱼，而四处游弋的鱼则能够"医比三家"。所以对于裂唇鱼来说，它们对后者的服务要更好一些，这样可以吸引更多的外来"回头客"。

蚁熊是吃蚂蚁的动物，平均每天要吃 1.8 万只蚂蚁。美国哥伦比亚大学的生物学德籍客座教授华莱士，专门追踪这种动物。让华莱士大为惊奇的是，蚁熊有一种吃蚂蚁绝对不会赶尽杀绝的特殊习性——每当挖开一个有成千上万只蚂蚁的窝，都只吃掉一小部分蚂蚁，其他的全部放生，然后径自寻找下一个蚂蚁窝。蚂蚁虽小，但集合起来能把鲜活的大蚯蚓拖入蚁穴吃掉。蚁熊见到这种情景的时候，从不惊扰

寄居蟹以螺壳作为住房

蚂蚁，总是让它们饱餐美味佳肴。

华莱士对此大为惊奇——蚁熊也懂"熊道主义"吗？认真分析，道理再明白不过了，蚁熊要使自己的种群在地球上生存，就必须让蚂蚁家族子子孙孙生存繁衍下去。如果把蚂蚁赶尽杀绝，就是赶尽杀绝自己的种族——它们的"仁慈宽厚"，实际是自身生存和发展的需要。

华莱士由此得到启发后指出，人类要想可持续发展，必须有节制地利用地球上的有限资源，尤其是日趋减少的能源。赶尽杀绝、吃光、采光、用光，最后将是人类自身的毁灭。于是，他向美国政府提出建议——大力开发水力、风力、潮汐、太阳能、海洋温差发电等"不花钱"而且"取之不尽"的环保自然资源。

从这些故事可以看出，人类和动物在许多方面的"法则"是相通的——那我们为什么不借鉴呢？

从锁蛇到养羊和种葫芦

——科研中的"草根现象"

"锁蛇人口念魔咒，用草打结，就可以锁蛇？"

一位不相信这个话的记者，到了湖南湘西一个叫小溪的土家族村寨，要"眼见为实"。

记者和锁蛇奇人鲁成贵——小溪自然保护区管理站副站长，到达当地的"死亡谷"谷口之后，"湘西蛇王"鲁成贵停了下来。

五步蛇

"您这是干吗？"

"我要锁蛇，经过这个地方必须把蛇锁起来，等我们进去的时候，蛇就不再出来了。"鲁成贵的锁蛇术，多少有些让人"看不懂"——把一些草打成草结之后，继续前行。

据说，一旦被五步蛇咬伤，最多只能走四五步，人就会轰然倒地而亡。这种说法虽然有些夸张，但是五步蛇有剧毒却是"名不虚传"——一旦被它咬伤，血液循环系统会立即遭到严重破坏，24小时内如果没用抗蛇毒的血清进行治疗，通常会死亡。

果然，鲁成贵一路平安——没有五步蛇敢来挑战他。倒是他用手中的蛇叉从草丛中挑出一条三角形头、全身有暗褐色斑块、尾巴短而尖的五步蛇。

鲁成贵锁蛇的奥秘在哪里呢？

原来，鲁成贵掌握了五步蛇的生活习性——喜欢阴潮天气，太阳大的时候会在荫凉的地方乘凉（所以它又名"懒蛇"）。

鲁成贵说，这是他家的"家传秘方"。原来，当地土家族采药人认为，名贵的草药周围一定有毒蛇守护；而在小溪，特产五步蛇，因此采药人对五步蛇会格外注意。鲁成贵的祖上世代以采草药为生，久而久之，通过观察和采药的经验，五步蛇的习性被摸得一清二楚，经验也被一代代传了下来。

在中国古代，达官贵人等把普通人称为"草民"，意思是像草一样不值钱的老百姓。然而，就是这些"草民"，却创造了历史——包括无与伦比的辉煌科技。这就是"草根现象"。

在科技史上，许多有成就的科学家都是在向"草民"的学习中受益匪浅。贾思勰、氾胜之和李时珍，就是其中三个。

1 400多年前，中国北魏的贾思勰（6世纪）养了许多羊，但饿死不少。饲料不缺啊——他莫名其妙，只好向一位老牧人请教。老牧人问他是怎么喂料的，他回答说："把饲料全铺在羊圈里，让羊'想吃就吃'。"老牧人说："这就坏了，羊爱干净，你把饲料铺在圈里，羊在上面踩来踩去，屎尿都拉在上面，羊怎么肯吃呢？"经过不断向"草民"学习，贾思勰成了著名的农学家，编写了世界上最早的著名综合性农书——《齐民要术》。这里的"齐民"，意思是"老百姓"。

中国汉朝的农学家氾胜之（约公元前1世纪），也是向一位善

贾思勰

《齐民要术》

于种葫芦的老农学习到种大葫芦的经验的。
老农说："要种出特别大的葫芦，首先要挖
一个直径和深度各三尺的大圆坑，坑内上足
粪，把粪和土搅匀，再上足水，等水渗下去
后，种下十颗从大葫芦里选出来的种子。第
二步，等十条葫芦蔓长到两尺多长，就用布
把它们扎在一起，外封泥土；过几天后，把
九条葫芦蔓的上端摘掉，留下一条最粗的，
这样，十条根吸上来的养料和水分都供给这

李时珍

一条了。第三步，结出来的前三个小葫芦全部掐掉，因为此时根茎叶
还没长壮；第三个以后的留下，由于根茎叶全长壮了，供给的养料也
充足了，这些小葫芦都会长得又肥又大。"

氾胜之把向群众学到的生产经验，全部写了下来，终于汇成了一
部著名的农书——《氾胜之书》。这样的好书当然不会受到封建统治
阶级的重视，所以早就失传了。幸亏它为广大人民所热爱，许多人在
其他的书里引用了它，部分内容才保存下来。

中国医药史上的巨著——《本草纲目》中的许多真知灼见，也是
李时珍（约 1518—1593）在历尽千山万水，"搜罗百家"（特别是
向"草民"中的"土医生"请教）之后，才得到的。

"草根现象"其实并不奇怪，因为科技的主要来源之一，就是人
类的各种实践；而"草民"们，就是从事实践活动的主体。

"草根现象"给我们以重要的启示——"草民"们能在"历史大
树"上，刻下属于自己的年轮。

"草根现象"还告诉我们——要尊重你自己，要尊重你周围所有
的"普通人"。冠军就是从"普通人"中起飞，未来的科学家就是现
在的"普通人"。这正如著名艺术家游本昌所说："没有小角色，只
有小演员。"

一个显而易见但又"时刻需要想起"和"经常容易忘记"的真理

是，再"草根"的生命，也有可能发出炫目的光彩……

　　"永州之野产异蛇，黑质而白章……"此时，我们想起唐代大文学家柳宗元（773—819）这著名的《捕蛇者说》中的句子。这"黑质而白章"的"异蛇"，其实就是有很高药用价值的五步蛇。而柳宗元文中的"捕蛇者"，也是千千万万发出炫目光彩的"草根"中普通的一员。

　　"苔花如米小，也学牡丹开。"这是清代诗人袁枚（1716—1797）《苔》中的诗句。如果每朵"如米小"的"苔花"都能"学牡丹开"的话，那我们将迎来姹紫嫣红的"同一个世界"……

"向天再借五百年"

——"长寿基因"助你"长生不老"

一曲"向天再借五百年",唱出了世人的心愿——真的,谁不想再活 500 年呢?其实,古往今来,为了长生不老再活 500 年,人们冶炼丹药、遍寻仙山、求神拜佛……可是,"白发三千丈,缘愁似个长。不知明镜里,何处得秋霜。"(李白)。因为无法了解衰老的真谛,所以一次次的努力都以失败告终,长生不老也是永远的水月镜花。同时,也认识到青春会像"小鸟一样不回来"——不管是浓施粉黛还是淡抹胭脂。正如中国作家王海鸰(1953—)所说:"再高档的化妆品也抵挡不过一茬又一茬的青春。"

人们并没有因此放弃这种努力——反抗死亡是人类永恒的追求。

大自然又一次当了我们的老师。在适宜的条件下,变形虫依靠分裂繁殖可永生不死。生殖细胞和癌细胞也可长生不老……

值得高兴的是,时至今天,科学家们就在这些"零敲碎打"的研究中,获得了许多重大的突破——实现相对的"永生",也不是绝对不可能。

目前,科学家有"五类长寿术":改变基因、改造细胞、使用抗老药、控制食量、采用纳米技术。

首先,说改变基因。

21 世纪初,欧洲肿瘤研究所的一个研究小组在米兰宣布,他们发现了一种与生物寿命有关的基因。抑制这种基因的作用,有助于延长生物寿命。该所的研究人员发现,敲除实验鼠体内名叫

"*P66SHC*"的基因或抑制它的
作用，实验鼠对疾病的抵抗
力反而增强，寿命也就大大
延长。

另一个重大突破是，美国
福尼亚技术学院的科学家西默
尔·本泽（1923—　）等研究

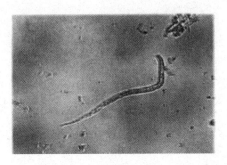
线虫

发现，在活得长的果蝇体内有一种特殊的基因在起作用，利用这种基
因可以使其他果蝇的寿命延长 35%。本泽将这种基因命名为"玛士
撒拉基因"。玛士撒拉是《圣经·创世纪》中的人物，活了 969 岁。
如果人的这种基因被发现和充分利用，可以使人超过彭祖（中国古代
传说中的长寿者），超过玛士撒拉。这种基因之所以能改变果蝇的寿
命，主要是因为它可以对果蝇细胞在吸收能量上进行控制，让果蝇细
胞"节食"。这种基因分布在果蝇的两条染色体上，如果只改变一条
染色体上的基因，那么果蝇的寿命会延长一倍左右，但如果同时改变
两条染色体上的基因，果蝇就会因为过分"节食"而饿死。

美国麻省理工学院的科学家对一种线虫进行基因改造。剔除线虫
的一个"*SIR2.1* 基因"或者增加一个同样的基因，都成功地将它的寿
命延长了 50%——原本只能生存两周的线虫，可生存三周。

科学界对线虫的最早研究，始于线虫生物学的开拓者——与另
外两位科学家共享 2002 年诺贝尔生理学或医学奖的南非生物学家

凯尼恩

悉尼·布伦纳（1927—　）等。
1968 年，布伦纳等开始把研究
转向线虫的生长与分化，以及
基因突变和个体发育的关系等
问题。其后，线虫逐渐被广泛
应用于生物学研究的各个分支
领域。

加州大学旧金山分校的美国生物学家辛西娅·简·凯尼恩（1954— ）教授等五位科学家，于1993年在英国《自然》杂志上，报道了编码胰岛素受体样蛋白的基因"Daf-2"突变后线虫的寿命增加了一倍。这项衰老研究领域中里程碑式的工作，首次揭示单基因可以调控动物寿命，开启了人们对寿命调控机制研究的新时代。

凯尼恩还用一种平均寿命只有13天的细微蠕虫做实验，修改了它的基因之后，其寿命延长到6倍。

2010年7月初，在美国波士顿大学工作的意大利女生物统计学家帕拉·萨巴斯蒂亚妮教授牵头的一项研究表明，通过分析世界上1 000多位百岁以上老人的DNA，发现了长寿的基因标志。他们预计不久后就能推出一种检测服务，让人知道自己是否具有能够长寿的基因构造。

…………

目前，科学界把细胞基因复制失败作为衰老的原因——但没有最后确定。世界各国的科学家对长寿基因如火如荼的研究依然如雨后春笋，并有了实质性的进展。特别是对基因的改造，让我们看到一些曙光。

我们有理由预期，随着基因研究的不断突破，人可以相对地长生不老。人类基因组科学研究公司董事长威廉·哈兹尔廷就说："我们很有可能在自身的基因中找到永葆青春的源泉。细胞替换也许能使人永葆青春和健康。"

一位美国老人在庆祝她的112岁生日

第二，说改造细胞。

如果说"基因工程"让我们看到了永葆青春和健康的希望，那么对于干细胞的研究则坚定了我们的信心。

在1999年12月，美国《科学》杂志公布了当年世界科学进展的评定结果，干细胞的研究成果列在举世瞩目、耗资巨大的人类基因组工程之前，名列十大科学进展首位。干细胞的"干"译自英文"stem"，意思是"树""干"和"起源"——干细胞就是起源细胞。

那么，干细胞对长生不老有何作用呢？

哈佛大学的研究人员首先教两只鹦鹉学唱歌，然后将其中一只鹦鹉的脑中枢神经破坏让它失去了唱歌的本领；然后，把另外一只鹦鹉身上提取的干细胞注入这只受损的鹦鹉体内。奇迹出现了——这只不会唱歌的鹦鹉同先前一样可以唱歌了。由此可见，干细胞进入异体后，经过分化，可以按受体的信息修复、整合出受体中受损细胞的原始功能。

干细胞使器官移植的概念逐渐被细胞移植所代替，实现自我修复，同时也解决了异体器官移植的排斥问题。眼睛近视了或者眼球受到伤害，只要从你的眼球内提取干细胞，就可以重见光明。心、肝、肺出了毛病，把你的干细胞打进去，就能达到移植器官的目的。

对干细胞的研究，使征服衰老进入一个新的里程。以前，靠激素类的褪黑激素、生长激素、胸腺因子和去氢表雄酮（DHEA）等，维生素类的维生素A、C、E等，普通元素钾、钙、镁、铁及微量元素硒、锗等配伍，才能多多少少地延缓衰老。而干细胞技术，则可以方便地换掉身体的各种陈旧部分。

还有更美的事。20世纪30年代，美国遗传学家、生物学家缪勒（1890—1967）和女遗传学家、生物学家麦克林托克（1902—1992）就发现了"端粒"结构。1984年，分子生物学家们发现了"端粒酶"。科学家们把端粒称为"寿命开关"或"生命时钟"，把端粒酶称为"长生不老酶"。从1990年起，美国端粒研究专家凯文·哈里把端粒和人体衰老挂钩，并进行了大量的研究。

对存在于染色体末端的端粒及维持端粒长度的端粒酶的深入研究，为长生不老打开了又一扇门。人类的细胞在分裂50至60次后就会停止分裂，呈现衰老状态。原来，细胞每分裂一次，染色体顶端的端粒就缩短一次，当端粒不能再缩短的时候，细胞就无法继续分裂而开始死亡。当然，并非所有细胞都会死亡——比如

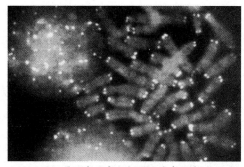

端粒（图中的亮点）位于染色体末端

癌细胞就可以无限制地重复分裂，永不衰老。也正是不会衰老的癌细胞，为我们的研究提供了重要线索。一旦活化人体细胞中产生端粒酶的遗传基因，让人体细胞像癌细胞那样无限地分裂下去，那么，细胞还会死亡吗？人还会死吗？

1998 年 1 月，美国得克萨斯大学达拉斯分校和一个老年团体合作做的一个实验表明，把端粒酶基因导入遗传基因之后，能让细胞正常分裂的次数增加 20 次。这就为抗衰老提供了实验依据。

端粒酶的研究，虽然只是刚刚起步，但无疑为实现人类不懈追求的长生不老之梦带来了新的希望——找到了拨慢"生命时钟"的方法，就能实现长生不老的梦想。

我们有理由相信，随着生命科技的不断进步，人类将在不久的将来很方便地用自我生产的"原配件"自动修复出了毛病的"零件"，实现相对的长生不老。

第三，说使用抗老药。

如果说，我们对细胞端粒的研究，是给长生不老信念的一剂"强心针"，那么，新近对"死亡激素"的研究，则是给长生不老信念的一颗"定心丸"。

雌性章鱼在"生儿育女"之后就悄悄地死亡。科学家揭开了其中的奥秘——章鱼的眼窝后面的一对腺体上，到了一定时候就会分泌一种化学物质，导致章鱼自身死亡。生物学家称这种化学物质为死亡激素。人类有没有类似章鱼的这种"死亡之腺"呢？经过研究发现，

答案是肯定的。人类的死亡之腺不在眼后，而在脑中——它就是脑垂体。科学家的研究证明，人的脑垂体也定期释放死亡激素，使人走向死亡。

科学家又用年老体衰的大鼠做了对比试验。把它的脑垂体切除掉，为了不影响其他激素的分泌，同时对大鼠注入人工甲状腺素。奇迹出现了——老年大鼠的免疫功能及心血管系统竟然恢复了青春。脑垂体所分泌的死亡激素的确是促使人类死亡的一个关键原因。找到了关键，人类延长寿命就有了希望。当然，简单地把脑垂体切除掉并非上策。科学家将进一步搞清死亡激素是由脑垂体的什么细胞产生的，怎样发挥作用，进而采用药物、手术等多种现代医疗技术来破坏死亡激素的产生，或大力延缓它的出现，从而大大延长人类的寿命。

此外，韩国媒体在 2006 年 6 月 14 日报道，韩国科学家发现了一种叫"CGK733"的物质，有抗衰老作用。把它注入人体中已经老化而停止分裂的细胞以后，老化的细胞会重新开始分裂。

在哈佛大学工作的澳大利亚生物学家、遗传学家戴维·安德鲁·辛克莱尔（1969— ）教授等，用自然生成的白藜芦醇制成（研究始于 2004 年）长寿药丸，治好了大白鼠因衰老引出的糖尿病，等于延长了它的寿命。他在 2011 年说："总有一天，我们都能活到150 岁。"

2009 年 7 月 8 日英国《自然》杂志载文说，一种叫雷帕霉素（Ra Pamycin）的"长生药"通过了动物实验，最多可使寿命延长38%。这项实验是由几位美国科学家做的。他们把 2 000 只 20 个月大（相当于 60 岁的人）的大白鼠分为两组——第一组用掺雷帕霉素的食物喂养，第二组不掺。结果第一组大白鼠的平均寿命增加了 14%。雷帕霉素是一种免疫抑制药物，于 1975 年由科学家们从智利复活节岛的土壤中提炼出来。虽然现在还无法用雷帕霉素做人体临床实验——因为它有干扰人体免疫系统、增加染病的概率或诱发癌症的副作用，但也有科学家乐观地展望，将在 10 年内用改良过的雷帕霉素

西奈半岛南端的伞状老槐树

延长人类的寿命。

最后，大自然中也有长寿生物：动物中的"千年乌龟"，植物中的"万年古柏"。例如，在2005年7月，科学家就在埃及西奈半岛南端发现了一棵18米高的寿命有3 559年的伞状老槐树。但这还不是已经发现的"世界之最"：2008年，科学家们在美国加州发现了已知世界上最高龄的树木——一株已经生长了13 000年的橡树；而此前《吉尼斯世界纪录大全》记载，最高龄（9 550年）树木是生长在瑞典的一株云杉。又如，美国科学家曾使一个已存在2.5亿年的细菌复活。他们在美国新墨西哥州的卡尔斯巴德附近的一个地下洞穴中发现了这个细菌。它生活在一个古老的盐晶体中，处于一种休眠状态，当然这也证明了细菌芽孢可以无限期地生存下去。科学家们猜想："这种细菌既然可以生存2.5亿年，那应该不会死吧？它对于人类研究长生不死肯定有着深远的意义。"2亿5千万年的岁月对于年不过百的人类来说，几乎相当于永恒。细菌的苏醒，给长生不死带来了又一缕曙光。那么，让这些长寿生物长寿的物质又是什么呢，人类可不可以"借用"呢？

第四，说控制食量。

为了延长寿命，民间倒是有"饭吃八分饱"的"秘方"。为什么只吃八分饱呢？

第一种解释是，人体内产生与清除活性氧是一种动态平衡，体内清除活性氧的酶系统对维持这种平衡举足轻重。超氧化歧化酶和过氧化氢酶是比较重要的抗氧化酶，它们能分解活性氧，将其变成无害的氧。限食就是限制摄入热量，可以增强抗氧化酶的基因活性，从而保持体内有较高浓度的抗氧化酶。

海弗利克

第二种解释是，节食能延长细胞的寿命。在 20 世纪 30 年代的一个实验中，美国康奈尔大学的科学家们把出生 300 天的小鼠，分为饱食的一组和半饱的一组——结果后一组成熟较晚，平均寿命要高两倍。

其后的研究表明，细胞的分裂增殖与寿命，遵循"海弗利克限度"（hayflick limitation，以下简称"海限"）。"海限"是指生物细胞的增殖能力和寿命的限度。例如，胚胎的成纤维细胞分裂传代约 50 次，那么这种细胞的"海限"就是约 50 代。"海限"与物种的寿命、细胞的分裂能力、个体的年龄等许多因素有关。例如，成年人的成纤维细胞的"海限"约 22 代，老年人的成纤维细胞的"海限"约 3 代。被其他科学家多次重复验证的"海限"，是一个可靠的生物学理论，由费城的两位年轻研究员（后来都成为美国医学家、解剖学家、老年学专家）莱昂纳德·海弗利克（1928—2024）与保罗·穆尔黑德，通过多年实验研究之后发现。他俩的相关论文《人类二倍体细胞连续培养的菌株》，于 1961 年发表在著名的《实验细胞研究》杂志第 3 期上。"海限"告诉我们：如果饱食给予细胞充足的营养，就会加速衰老死亡，人也很快衰老死亡；相反，如果限食使细胞得不到充足的养分，其分裂增殖的速度会自然减慢，衰老也自然减慢而使人延寿。

美国"卡路里控制协会"主席布赖恩·蒂莱利说："理论上控制卡路里的进食方式能够使人活到 135 岁到 140 岁。"

第五，说纳米技术。

近年纳米技术的突飞猛进，创造了许多让"不可能"变成"可能"的奇迹。"不安分的天才""爱迪生的合法继承人"——美国畅销书作家、计算机科学家、未来学家雷蒙德·克兹威尔（1948—）

的"野心"，比布赖恩·蒂莱利更大。这位得到21个荣誉博士学位、54岁（2002年）就进入美国全国发明家名人堂的企业家、发明家（例如，他是第一台电荷耦合器件平板扫描仪、盲人阅读机、音乐合成器、语音识别系统的主要发明者）

克兹威尔

于2012年在美国《太阳报》上撰文认为，纳米技术在20年内能让人类的寿命至少可以延长几千年，甚至"长生不老"；总有一天，能够用纳米生物技术机器人进入人体的血管中，清除使人患病的毒素。在我们这种"草根"看来，这位"微软"创始人比尔·盖茨（1955—，曾说他是"我知道在预测人工智能上最厉害的人"）和总统（1993—2001在任）比尔·克林顿（1946—）的"偶像"，曾从三位美国总统手中领奖（例如，比尔·克林顿为他颁发1999年美国国家技术与创新奖——美国的最高技术荣誉）的世界级大科学家，是在"痴人说梦"。但是，包括"平均活到150岁"的"不可能"，为什么不能成为"一切皆有可能"呢？

基因、干细胞、端粒酶、死亡激素、CGK733、雷帕霉素……如同"小荷尖尖角"，为人们揭开了探索长生不老奥秘的冰山一角。随着基因图谱的彻底破解，生命科学将释放出什么样的力量，现在无法想象和估计，但是可以肯定一点——力量将无比巨大到不可思议，正如千年龟和万年古柏那样。到那个时候，"千年的百姓，百年的衙门"绝不是一种戏言，向天再借500年也绝不只是梦想。

向左倾斜的世界

——有趣的"左撇子"现象

爱因斯坦、拿破仑、毕加索、卓别林、克林顿、比尔·盖茨、马拉多纳和赵本山，这八路英雄"聚会"了。"不可能——他们既不同国家，也不同时代。怎么这样生拉活扯地在一起？"你也许会说。

是的，这一个个时代风云人物是不可能"欢聚一堂"的——连他们的民族、肤色、信仰、从事的领域等，都不相同。但是，有心人会发现，他们都有一个共同的习惯——用左手多，即大家说的"左撇子"。

一时间，左撇子成了人们感兴趣的话题，连带着对"向左"的研究也成了一种时髦。但愿下面对"向左"现象的研究能给你有益的启发。

对意大利科学家兼艺术家达·芬奇（1452—1519）的经典名画《蒙娜丽莎的微笑》，我们并不陌生。但是，你注意到她是以左颊面对你微笑的吗？

《蒙娜丽莎的微笑》

无独有偶，有人还发现，文艺复兴时期以来的著名人物画像中，绝大多数都是脸向右偏露出左颊——这难道完全是一种巧合吗？

要揭开这个谜，我们还得感谢澳大利亚墨尔本大学的心理学教授尼柯尔。为了找到答案，他从过去500年的历史名画中找出361幅，结果发现有58%的人物画的脸部，是露出左颊。如果画中人物是女性的话，这个数字高于78%。于是，尼柯尔大胆假设：关键不在画家要模特儿脸向右偏，而是画中人会自己选择脸向右偏以露出左颊——这更有助于表现出某种情感。以"蒙娜丽莎的微笑"为例，名商人之妇蒙娜丽莎，当然希望这幅画使她看起来温柔、美丽与善解人意——侧脸就有助于传达这种情感。

为了进一步证明自己的假设，尼柯尔找了165名心理系学生（其中女生122名）进行"分组实验"——告诉他们要拍人物照。其中一组学生应幻想成爱家的人——照片要表现自己对家人的想念。另一组应幻想自己是事业处于巅峰的科学家。结果，前一组学生面对镜头的时候多数脸向右偏，露出左颊。后一组则多数脸向左偏，露出右颊。他得出的结论是，人的右半部大脑控制左半部脸和人的情感，因此无论是让人作画或拍照，一个人想表现自己温和、友善、讨人喜欢的一面，很自然会把脸向右偏，以左半部脸颊示人——真有点喜剧色彩！

如果说以上仅是对"向左"这一喜好的研究，那么接下来我们再来看看"左撇子"。时至今天，我们的很多工具等都是参照右撇子而做——左撇子毕竟是少数。

当然，凡事都不是绝对的，左撇子在有些地方是多数——15世纪在苏格兰建立了芬尼赫斯特王朝的克尔（kerr）家族，是一个很有趣的例子。他们有很多工具和武器是为左撇子制造，连城堡的楼梯都是反时针旋转，以适应左撇子战士守城的需要。

另一个特别的例子，是居住在俄罗斯北极地区的泰玛尔部落，惯用右手者仅占20%，其余的80%全是左撇子。当地人设计制造的家具、渔网等用具的"样式"，都要首先考虑为左撇子提供方便——势单力薄的右撇子就只有受点委屈了。令科学家们更感惊讶的是，那儿的左

青海省海西巴尕沙岩画中面朝右的动物

撇子普遍比右撇子更不怕严寒——在一次气温低至 -50 ℃ 的大雪暴中，死者多为右撇子，而左撇子则大多平安无事。此外，左撇子大多体质较为强健，平均寿命也要比右撇子高上 10 岁左右。也许，正是由于物种的"优势选择"，左撇子在当地人口中的比例越来越大，最后竟发展为这个以左撇子为主的部落。到目前为止，科学家们对于这种"反常现象"，还不能做出科学的解释。

另外，美国印第安人也是一个"左手旺族"——左撇子占 1/3。

在美国西弗吉尼亚州有一个仅有 450 人的小村庄莱夫特·汉德，居民全是左撇子！其实，莱夫特——"left"在英文中的意思就是"左"，这个"左家庄"真是名副其实。可是，谁也不知道这是怎么发生的。

那么，左撇子是如何"培养"出来的呢？

其实，在人的发育过程中，用手的偏向性是逐步显现的。7 ~ 9 个月的婴儿通常显不出用手的偏向性——递给他 100 次玩具，他可能用左手接 48 次，用右手接 52 次，不会有明显的差异。大约 18 个月，用手的偏向性开始显现，但稳定下来还要更长时间，常常要到 9 岁。有时，孩子用左手接球而用右手抛球和拍球，表明他们还没有完全建立起用手的偏向性。

在孩子发育的不同阶段，他们会改变用手习惯，一阵子偏向用左手，一阵子偏向用右手，又一阵子左右手不分。在这个过程中，男孩总是比女孩更早显现用手的偏向性。同时，用手偏向性出现较早的孩子，更多的是左撇子。

了解左撇子，我们还需要了解大脑的结构，特别是右脑的功能——左撇子的生理基础可能就与

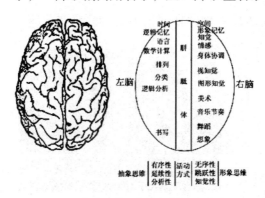

大脑，左、右半球分工

人类大脑的左右半脑分工有关。

图中人类的大脑分成左、右两个大脑半球，两半球经胼胝体连接两半球的横向神经纤维。大脑的奇妙之处在于两半球分工

左撇子

斯佩里

不同。从 20 世纪 50 年代以来，美国神经生物学家斯佩里（1913—1994）教授通过"割裂脑实验"，证实了大脑不对称性的"左右脑分工理论"，并因此和另外二人共享 1981 年诺贝尔生理学或医学奖。

按照这一理论，人的左脑支配右半身的神经和器官，是理解语言的中枢，主要完成语言、分析、逻辑、数学的思考、认识和行为——进行逻辑思维。与此不同，右脑支配左半身的神经和器官，是一个没有语言中枢的"哑脑"。但右脑具有接受音乐的中枢，负责可视的、综合的、几何的、绘画的思考行为。观赏绘画、欣赏音乐、凭直觉观察事物、纵览全局等，是右脑的功能。

左右脑的分工，使左脑抽象思维的功能较为发达，而右脑形象思维功能较发达，在大脑思维中起着独特的作用。

在我们的思维活动中，要充分发挥右脑的创新功能。左脑掌管语言，能根据现有的知识进行逻辑推理，这是非常重要的功能。但左脑产生的语言一般没有启示性，也难以得出新的理论。右脑的功能在于感悟、想象和预料。碰到一些百思不解的事情，把储存在右脑里的信息调用出来，问题往往迎刃而解。

爱因斯坦把他的许多重大科学发现，归因于他的想象游戏。他曾想象自己骑着光束到达遥远的宇宙极端，又"不合逻辑"地回到太阳表面。这幅图像使他意识到，空间可能本来就是弯曲的。这个伟大的想象游戏，诞生了相对论和近代物理学。

同样，牛顿在看见苹果从树上掉下来的图像中获得了灵感，并用

语言加以逻辑说明，最终发现了著名的万有引力定律。

我们常说"求同存异"，左脑的功能在于寻求共同点，右脑则在于发现不同处。左脑按常规考虑问题，做决定往往与竞争对手雷同；而用右脑考虑问题，就能想到别人没有想到的，做别人不能做到的。

读到这里，你也许不再因为你是左撇子而抱怨和自卑？也不会因为自己是右撇子而大喜过望吧！

当然，为什么只有少数人是左撇子的原因，科学家们至今还没有统一的看法。

沉木棒与灰老鼠
——危险下的"压力效应"

一位游客来到一片陌生的山林——为了单独领略山间的野趣。然而，他却在一阵"左转右转"之后迷失了方向。正当他一筹莫展的时候，迎面走来了一个挑山货的美丽少女。

"先生是从景点那边走迷路的吧？"少女嫣然一笑，不等这位游客回答，继续说，"请跟我来吧，我带你抄小路往山下赶。那里有旅游公司的汽车等着你。"

游客跟着少女默默地穿越丛林，阳光在林间映出千万道漂亮的光柱，晶莹的水汽在光柱里梦幻般地飘忽……正当他陶醉于这美景的时候，少女开口说话了："先生，前面就是我们这儿的'鬼谷'——这片山林中最危险的路段，一不小心就会掉进万丈深渊。我们这儿的规矩是——路过此地，一定要挑点或者扛点什么东西。"

"这么危险的地方，再负重前行，那不是'危上加危'么？"游客惊问。

"只有你意识到危险了，才会更加集中精力，那样反而会更安全。这儿发生过好几起坠谷事件，都是迷路的游客在毫无压力的情况下，一不小心掉下去的。而我们每天都挑东西来来去去，却从来没出事。"少女笑着解释。

游客不禁冒出一身冷汗。但是别无选择——只好接过少女递过来的两根沉沉的木棒，扛在肩上，小心翼翼地走过了这段"鬼谷之路"。

两根沉木棒，在危险面前竟成了"护身符"。

经过基因改造的老鼠

这揭示了一个深刻的哲理——危险固然可怕，但比危险更可怕的是人的麻痹大意。危险不一定制造灾难，但人的疏忽往往是灾难的深渊。简单地说，人的重视程度对事情的成败起着至关重要的作用——这就是人们常说的"压力效应"。

压力效应对其他动物也有效。

一位名叫摩德尔斯的美国科学家，曾把一只小灰鼠和一只压力基因被全部除去的小白鼠，放在一个面积约500平方米仿真的自然环境中做实验。

结果，那只没有除去压力基因的小灰鼠，活动总是小心翼翼地，没有出现任何意外。它甚至开始为自己积蓄过冬的粮食，也开始习惯于这种没有人类恐吓的环境。

而那一只被除去压力基因的小白鼠，则从一开始就生活在兴奋之中。它的好奇心远远大于小灰鼠——只惧怕把一些东西吹得东倒西歪的忽然刮起的大风。

摩德尔斯还观察到，小白鼠只用一天的时间就把全部区域大摇大摆地巡视了一遍，小灰老鼠则用了近四天的时间。小白鼠爬上了设置后高达13米的假山，而小灰鼠最多只爬上了装有食物的仅高2米的吊篮。最终，在第三天，小白鼠因为没有任何压力而爬上那个13米高的假山，在通过一个小石块的时候一下子摔了下来，死了；而小灰鼠因为处处谨慎小心，在试验十几天后，竟鲜活地出来了。

真是生于忧患，死于安乐。由此引发了对压力效应的思考是，我们常常因为自己的慵懒而埋怨竞争过于激烈，因为自己的能力不够而强调压力太大。但是，如果没有了压力，我们也许会像那只小白鼠一样，从实际上能够平稳度过的高处摔下来……

一旦有了压力，就会让"世界上最危险的机场"的飞机，不会从"高处摔下来"。启德机场位于香港市中心，飞机掠过九龙等地的时候，乘客能清楚地看见住家阳台上晾晒的衣服。然而，这个"世界上最危险的机场"，在几十年中却没有出现过大灾难。究其原因，有人说正是因为危险，所以飞行员们都小心翼翼，才不会出一点差错。这样，"最危险的地方就是最安全的地方"——启德机场因此成为世界上最安全的机场之一。

压力效应有一个"现代热气球版"。2006年3月31日，4个热气球爱好者在北京怀柔乘热气球在明媚的阳光与和煦的春风中飞翔。快飞到一条11万伏高压线的时候，其中一个爱好者提醒了驾驶热气球的同伴。但遗憾的是，驾驶员回答："没事。"他的话音刚落，热气球就"触线而落"。"没事"变成了"有事"——1人当场死亡，其余3人不同程度受伤。

而压力效应的"民谚版"是——"河中淹死会水匠。"

其实，很多心理学家都认为，心理压力是每个人生活中不可缺少的一部分。在世界上首先（20世纪50年代）证明存在心理压力，并首创（心理）"压力"（stress）一词的、专门研究压力危害作用的心理学家——出生在匈牙利的加拿大内分泌学家亚诺什·雨果·布伦·（汉斯·）塞利（1907—1982）指出："压力是生活的刺激，压力使我们振作，使我们生存。"可见，有压力是好事，有了压力，我们才能"痛并快乐着""累并美丽着"。当然，压力的危害作用也同时存在。正如中国工程院俞梦孙（1936— ）院士所说："慢性病是整体失调状态的局部体现，包括癌症在内的

塞利的铜像：位于匈牙利科马罗姆的亚诺什大学

几乎所有慢性病，都源于长期超负荷应激反应所造成的稳态失调、失稳。"而这是基于 20 世纪 50 年代塞利提出的"压力 / 应激"学说。

是的，正如一个作家所说："生活很美，生活很累，一个在生活中感受不到累的人，就感受不到生活的美。"特别是在今天，我们更可以看到，优越条件无疑会释去沉重的压力，却不利于人的坚强性格的形成。难怪中国古代圣人孟子（约公元前 372—前 289）说："天将降大任于斯人也，必先苦其心志，劳其筋骨，饿其体肤……"

如果想战胜各种困难，成就一番事业，请自加压力吧！

"压力"也是"动力"
——"跨栏"和"鲶鱼"

"快来看，多么奇怪！"外科医生阿费烈德急切地呼叫他的助手。

阿费烈德发现什么奇怪的现象，让他如此"迫不及待"？

原来，阿费烈德在解剖尸体的时候，发现了一个"反常"的现象：那些患病器官并不像人们想象的那样糟，而是相反——比正常器官的机能更强。

阿费烈德最早是从一个肾病患者遗体中发现这个现象的——当他从死者的体内取出其中一只患病的肾的时候，他发现它要比正常的大。只有一个"反常"现象，当然不能成为"通则"。于是，他又再次对另一具遗体进行解剖，结果依然如此——患病的那只肾也大得超乎寻常。在多年的医学解剖过程中，他不断地发现包括心脏、肺等几乎所有人体器官，都存在着类似的情况。

就这样，阿费烈德撰写了一篇很有影响的论文，从医学的角度对这类现象进行了分析。他认为，人体在与疾病的抗争中，患病器官因为和病毒做斗争而使器官的功能不断增强。假如有两只相同的器官，当其中一只器官死亡以后，另一只器官就会努力承担起全部的责任，从而变得强壮起来。

后来，阿费烈德在给美术学院的学生治病的时候，又发现了一个更加奇怪现象——这些搞艺术的学生的视力大不如其他人，有的甚至还是色盲！他觉得这就是病理现象在社会现实中的重复，于是就

把自己的思维触角延伸
更广。

在对艺术院校教
授的调研过程中，结果
与他的预测完全相同。
一些颇有成就的教授之
所以走上艺术道路，原

跨栏定律：压力大，成就大；压力小，成就小

来大都是受了生理缺陷的影响。也就是说，缺陷不是他们的"拦路
虎"，而是相反——成了他们走上了艺术道路的"催化剂"。

阿费烈德将这种现象称为"跨栏定律"——一个人的成就大小
往往取决于他所遇到的困难的程度。

跨栏定律可以解释生活中许多现象。许多盲人的听觉、触觉、嗅
觉，都要比一般人灵敏，所以有民谚"瞎子的耳朵更灵"。许多聋人
的视觉、触觉、嗅觉，都要比一般人灵敏——所以有民谚"聋子的
眼睛更明"。失去双臂的人的平衡感更强，双脚更灵巧。所有这一
切，仿佛都是"上帝"安排好的——如果你不缺少"此"，就无法
得到"彼"。

你看，竖在面前的"栏"越高，你"跳"得也越高——一个人
包括身体缺陷在内的各种"缺陷"，有时候就是"上苍"给他的成功
信息。而英国哲学家弗朗西斯·培根（1561—1626）则有更广泛的见
解："奇迹多是在厄运中创造的。"这类见解随处可见——苏联作

荷马

家高尔基（1868—1936）的"不幸是一所最好
的大学"，就是一例。

其实，"厄运造奇迹"的原因在于厄运
当了老师，正如古希腊诗人荷马（公元前八九
世纪）所说："谁经历的苦难多，谁就懂得
更多。"2 000多年之后的法国作家巴尔扎克
（1799—1850），也有类似的见解："苦难是人

生的老师。"

事实上也是如此——不少科学家、艺术家都是因为疾病或身体残疾不能从事体力劳动或体育运动，而取得事业上的成就的。在他们长长的名单中有：出生在莫斯科的美国数学家莱夫谢茨（1884—1972）——在一次事故中永远失去了双手；美国生物化学家萨姆纳（1887—1955）——失去一只手；俄罗斯科学家齐奥尔科夫斯基（1857—1935）——10 岁的时候几乎完全失去听觉；法国著名画家图卢兹·洛特雷克（1864—1901）——幼年双腿折断，身体畸形。

至于中国人家喻户晓的张海迪（1955— ）的经历，也是一个"没有翅膀，'天使'照样飞翔"的故事。1960 年，5 岁的张海迪确诊为患有脊髓血管瘤之后残疾——全身在二胸椎以下全部失去知觉，不能实现当舞蹈演员和运动员的梦想。但是，缺陷却成了她进取的动力，最终让她在翻译和文学领域驰骋。

当然，还有另外一种"跨栏"成功的例子——因为某一方面的"短"，而得到另一方面的"长"。例如，出生在英国的美国经济学家克莱夫·格兰杰（1934—2009），就是因为"口吃"改学经济学，从而与美国经济学家罗伯特·恩格尔（1942— ）共享了 2003 年的诺贝尔经济学奖。

其实，跨栏定律也适用于其他生物。实例之一是，因为滥用抗生素衍生的许多新"超级细菌"（例如其中的 MRAB）能耐药，甚至有的细菌还能把抗生素作为食物（例如其中的一种能吃掉万古霉素）。实例之二是，美国疾病控制

图卢兹·洛特雷克和他的名画《英国男士在红磨坊》

和预防中心在 2006 年 3 月 20 日发表的一项研究成果说，从 2005 年开始在全世界"神出鬼没"的 H5N1 禽流感病毒，已经演化出两个能感染人的新菌株，它们有引发人际间传染的严重疫情的可能。H5N1 当时之所以让医学家们"头疼"，是因为它内部的蛋白质片段会形成管状结构，掩盖了当宿主细胞受到攻击后形成的长条状核糖核酸分子。不过，这项研究的带头人、美国贝勒医学院教授文卡塔拉姆·普拉萨德说："一旦我们证实关于病毒结构的这一信息的重要性，我们就可以研制药物来阻断它的这一动作。"

蝴蝶可以靠吃洋地黄叶产生毒素，避开鸟类的捕食。兔子能凭借强有力的加长后腿向山上飞奔，甩掉追击的狐狸。生态学家称这类现象为"协同进化"。对蝴蝶和兔子来说，这也是一种"跨栏"。

西班牙人爱吃的沙丁鱼很娇贵，极不适应离开大海后的环境，如果离开，不久就会死掉。为延长它的活命期，当地渔民想出了一个办法，将几条沙丁鱼的天敌鲶鱼放在运输容器里。为了躲避天敌的吞食，沙丁鱼在有限的空间里快速游动，反而保持了旺盛的生命力。这就是经济学上讲的"鲶鱼效应"——为了更好地生存发展下去，惧者必然会比其他人更用功，而越用功，跑得就越快。

此外，在 2004 年，荷兰医学家们还发现寄生虫会降低人患过敏症的危险——它也许能成为打开控制人类过敏症之门的一把钥匙。

主持这项研究的莱顿大学玛丽亚博士说，多年来，医生一直有一种说法："少许脏东西对儿童有益"。中国民间也有"不干不净，吃了不生病"的说法。实验表明，脏东西能够使儿童免疫系统发生强烈过敏反应，久而久之，这就锻炼了机体免疫系统而不易过敏。支持这种说法的一个事实是，生活在卫生条件较差地区的孩子，比拥有清洁地板、呼吸过滤空气、住在生活优裕地区的孩子发生过敏的可能性要低得多。玛丽亚等人注

金色小沙丁鱼

意到，在这两种地区居住的人群中，人体内蛔虫、蛲虫等寄生虫的数量有很大差别。她猜测，正是这些寄生虫造成两种地区的过敏人数大大不同。在 2004 年的一期美国的《科学》杂志上，她们发表的证据表明，寄生虫携带重要的抗原，会对人类免疫系统产生长期影响。

玛丽亚还认为，不仅是寄生虫，一些病毒和细菌也能对人体免疫系统起到同样的作用："人的机体需要接受来自病菌的一定数量的攻击，如果病菌攻击没有达到相应标准，人体某个部位就会出现问题。"这一发现，可以为人类战胜过敏症提供新的思路。

国外有医学家发现，每年患感冒不足一次的人，得癌症的机会是每年患一次感冒的人的 5 倍。为什么会这样呢？研究者认为，感冒病毒侵入人体之后，机体的免疫系统就会产生"干扰素"。干扰素能激活免疫系统去杀伤细胞，抑制病毒繁殖，同时摧毁癌变细胞或减慢某些癌细胞的分裂速度。每感冒一次，干扰素就增加一些，从而使患癌症的机会显著减少。相反，难得患感冒的人，患癌的机会就多。

类似的现象也发生在作为中草药的植物里。

在 2004 年，美国农业部的植物生理学家，以及康奈尔大学的植物病理学教授吉布森（W. Gibson）和他的学生西林（Sirrene）发现，一种被用来治疗抑郁症的草药中所含的金丝桃蒽酮，在植物受到外来侵袭（例如昆虫袭击）的时候，含量会增加。对此，吉布森的解释是："这看起来是这种药草为抵抗外来侵袭而做出的内部反应，以增加它的'化学武器'设备。"

其实，跨栏定律在生产中已经被中国"民间"合理利用。例如，正月间用斧头在枣树上到处敲打，可以促使枣树结实——"不斧则花而无实"。李树也是这样——"腊月中，以杖微打歧间，正月晦日复打之，亦足予也。"对不结角的皂角树这样医治：在树身上凿孔，入铁数斤，以泥封固。更有趣的是，柳树雄株受到蚂蚁筑巢损伤的刺激后，会变成雌株而结果。此外，还有"稻田挠秧""韭菜断须根"，以及在玉米茎秆上插竹签（可使其棒子结得又多又大）。这种用"合理外因"给植物的"刺激疗法"，中国人在 1 500 年前就掌握了。

千百万年来生物进化、遗传而"装备"的保护性反应，即生存斗争、刺激引发和锻炼适应等等而达到生物自我内在统一及与外界统一的惊人的生物学意义，形成了生物生生不息的多彩世界。

毒品怎样欺骗大脑
——大脑的"快乐机制"

"快快乐乐每一天"，这既是我们对朋友的祝福，也是我们的永恒追求。

那么，人为什么能感到快乐，感到快乐的秘密是什么呢？这还得从一个实验说起。

20世纪40年代，神经生物学家们已经掌握了一种研究大脑功能的新方法——在动物大脑的某个区域植入电极并通上微弱的电流，看它在电刺激下会有什么反应。1949年，美国神经病学家霍勒斯·温契尔·马贡（1907—1991）等人，用这个方法发现在中脑网状系统中，存在睡眠控制中枢。

詹姆斯·奥尔兹（1922—1976）是一位美国心理学家。1952年，他从哈佛大学博士毕业后，担任该校社会关系实验室的讲师和研究助理。1953—1955年，他到加拿大麦克吉尔大学做博士后研究；在这期间的1954年，他和加拿大神经生物学家皮特·米尔纳（Peter

马贡　　　　　　　奥尔兹　　　　　　　赫斯

Milner）重复了马贡的实验。他们把一群老鼠放在实验笼内的空旷地带，给它施加短暂的电击——当时并不知道植入老鼠大脑中的电极并没有对准中脑网状系统，而是插到了靠近中脑的一小束神经束（内侧前脑束）中。这时，奇怪的现象发生了：其中的一只老鼠在挨了电击之后，虽然可以自由跑动，但却总是回到被电击的地方，一刻不停地踩动控制杠杆，似乎等待着下一次电击。而在奥尔兹之前成功将极为细小的针状电极埋藏于实验动物脑内，并通过这些电极施以电脉冲影响脑深处活动的，是1949年诺贝尔生理学或医学奖的两位得主之一——瑞士生理学家沃尔特·鲁道夫·赫斯（1881—1973）。

奥尔兹等起初以为老鼠只是对电刺激感到好奇，但随后的一系列实验否定了这种看法。原来，老鼠是在用这种方式刺激自己的快乐中枢而"痛并快乐着"……

就这样，他们发现了老鼠的"快乐中枢"——通过它的刺激，老鼠找到了一种无与伦比、绝不厌倦、永无满足的快乐。接着，生物学家们对鱼、鸟、猫、狗、兔子、猴子、海豚等多种生物做了一样的实验，都获得了类似的结果。那么，人呢？

20世纪60年代，美国图兰大学精神病专家罗伯特·加尔布雷斯·希斯（1915—1999）博士在精神病和精神障碍患者的大脑中植入电极，希望通过刺激其快乐中枢使他们痊愈。如果把电极按钮交给患者，他们会反复按它，有时能连续按上上千次。有些患者在装上这个由他们自己控制的装置之后，过上了正常的生活。希斯的这个实验表明，人脑中也有快乐中枢。当然，按今天的伦理标准，不太可能有人去重复他的试验。

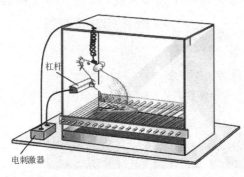

杠杆

电刺激器

奥尔兹的实验装置

就这样，科学家们发

现了人之所以感觉快乐的秘密，是因为人脑中的"快乐机制"——大脑中的快乐中枢产生舒服感而体验到快乐。到了 20 世纪 80 年代，生物学家对快乐中枢的结构有了更深入的了解，知道快乐机制通过化学物质多巴胺来传递；快乐中枢的生物学功能是奖赏生物体的生存、繁衍等有益的行为，因此又被称为"奖赏中

希斯

枢"。多巴胺这种神经信息的传递者，在正常情况下寄居在大脑的神经游走细胞——多巴胺系统中，如果一旦被释放，就会与神经系统的"快乐接受器"结合，在快乐接受器的运载下到达神经细胞。与此同时，多巴胺挨个向神经细胞传达快乐的信息，并让神经细胞产生从一般快乐到极度快乐的感受——快乐就这样产生了。

在一般情况下，许多物质都能触发大脑的快乐机制。

例如，当毒品可卡因进入机体之后，就迅速侵入携带多巴胺的神经游走细胞。由于可卡因分子同这些神经游走细胞的结合能力十分强大，就能轻易霸占本来属于多巴胺的位置。当多巴胺的位置全被可卡因占满了以后，多巴胺就找不到结合的空间，于是它只能被迫"离家出走"，与快乐接受器结合。快乐机制被迫启动，让人迅速产生快感——常人所说的那种"飘飘欲仙"的感觉。

科学家沃克乌在 1997 年的研究成果表明，可卡因引发的快感强度，取决于它占据了多少携带多巴胺的神经游走细胞的位置。越多的多巴胺被"挤出"，快感就会越强烈。

毒品海洛因的作用原理则有所不同，它直接刺激多巴胺所在的神经游走细胞，让它们释放多巴胺，香烟中的尼古丁也用类似的方式刺激大脑。

虽然各种毒品对大脑快乐神经的激发方式不同，但它们对大脑中快乐机制的刺激强度和速度却差不多——远大于人类正常活动刺激的强度和速度。

遭遇毒品刺激的大脑不同于正常的大脑——不仅是生理和化学上的不同。毒品改变了大脑的快乐机制——我们常说的"奖励机制"，从而引起神经生理上的变化，在很大程度上改变了大脑机能。这样，就使人从被迫吸毒品到自愿吸毒，而且不容易戒掉。毒品对人的危害，也就是这样来的。

原来，快乐接受器就像棒球比赛中的手套一样，会接住四处游走的多巴胺，让它与神经细胞结合。摄入毒品量越大，被清除的快乐接受器就越多。而快乐接受器减少的结果，必然是多巴胺同神经细胞结合减少。久而久之，快乐机制就会越来越平淡。于是，为了达到甚至超过原来的刺激程度，吸毒者必须

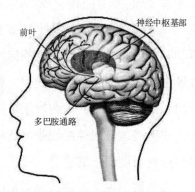

快感来自大脑中的多巴胺

不断地增加吸食毒品的剂量，让大脑中的神经游走细胞释放出更多的多巴胺来弥补。恶性循环的结果是——吸毒者剂量越来越大，也越来越戒不掉。

我们深知毒品的危害，国家也严厉打击毒品的产、储、运、贩、吸，但仍然屡禁不止。原因是，人一旦染毒就会上瘾而不容易戒掉。最终，毒品借助大脑的快乐机制，有效"劫持"大脑，置人于死地。

有资料表明，吸毒者的平均寿命较一般人群短 10 ~ 15 年。吸毒成瘾者中的 25% 会在开始吸毒后 10 ~ 20 年后死亡。根据美国在 21 世纪初的估算，滥用海洛因的人不到全美人口的 1%，但每年直接死于海洛因中毒的，就高达 0.6 万人。根据英国的估算，每年吸食海洛因的死亡率则为 16‰ ~ 30‰。

当然，对快乐机制的研究还没有结束。例如，在 2005 年，美国科学家肯特的实验表明，快感中心有两个区域：一个是靠近多巴胺系统的一个小区域，另一个是眼睛后面的前额脑区底部的一个区域。而

且，传递快感物质的关键物质不是多巴胺，而是一种被称为阿片类的化合物——例如吗啡和海洛因。又如，也是在这一年的一项研究表明，可卡因等使人上瘾的原因，是因为大脑腹侧被盖区的多巴胺神经元的可塑性改变。再如，近年某些神经生物学家认为，奥尔兹发现的快乐中枢其实是欲望中枢，而真正的快乐中枢在其他地方，控制它们的是另一类神经介质——例如内啡肽、脑啡肽等类鸦片物质。

从巨能钙到"群体癔症"
——在"破窗理论"面前

辛巴杜

两辆一模一样的汽车——前一辆摆在加州帕罗阿尔托的中产阶级社区，后一辆车摘掉车牌、打开顶棚之后，停在相对杂乱的纽约布朗克斯街区。结果，后一辆车在当天就被人偷走了，而前面那一辆摆了一个星期也"无人问津"。

1969年，因为"改变了我们对社会影响的看法"（he has changed the way we think about social influences），被斯坦福大学师生誉为"传奇老师"（legendary teacher）的美国心理学家、后来当选为美国心理学会主席（2002—2003在任）的菲利普·乔治·辛巴杜（1933— ）教授，进行了这项试验。

后来，辛巴杜用锤子把前一辆车的玻璃敲了个大洞。结果，仅仅过了几个小时，它就没了踪影。

过了不久，美国政治学家、犯罪学家、作家詹姆斯·奎因·威耳孙（1931—2012），以及执教于罗杰斯等大学的犯罪学家乔治·凯林（George L. Kelling）教授，就以这项试验为基础，提出了"破窗理论"：如果有人打坏了一个建筑物的窗户玻璃，而这扇窗户又得不到及时的维修，别人就可能受到某些暗示性的纵容去打烂更多的窗户玻璃；久而久之，这些破窗户就给人造成一种无序的感觉，在这种公众麻木不仁的氛围中，犯罪就会滋生并逐步猖獗。他俩的相关论文《破窗》（*Broken Windows*），发表在美国《大西洋》月刊（*Atlantic Monthly*）1982 年 3 月版上。

破窗理论告诉我们，对于影响深远的"小破窗"，应该及时去"小题大做"，以防止"千里之堤，溃于蚁穴"。这和民间修补用品的谚语"小洞不补，大洞难堵"，有异曲同工之妙。

不过，也不是每个人都认识了破窗理论。

巨能钙，一个距今十几年前频频亮相电视等媒体的"大明星"——进入市场 7 年之久、曾稳居国内钙制剂产品消费市场"三甲"的著名品牌，后来销声匿迹，至今"杳无音信"。

巨能钙为什么会突然"人间蒸发"呢？

当初，一些人指责在生产巨能钙的过程中使用了危害人体的双氧水即过氧化氢（H_2O_2），从而引发了一场"信任危机"。但是，在 2005 年，国家权威部门及时在调查报告中做出了"未发现生产企业存在违法行为"，以及"产品中过氧化氢残留量在安全范围内"等结论。

不过，巨能钙最终还是"冤冤枉枉"地成了"明日黄花"。这是怎么啦——在一定意义上没有产品质量问题的巨能钙，怎么就"背着黑锅"从辉煌走向衰落呢？

原来，在一定意义上，没有产品质量问题的巨能钙从辉煌走向衰落，却怨不得别人：它在产品说明书上，忽略了实事求是地介绍含有微量的双氧水（在生产过程中，这是必须添加的催化氧化反应用的物质）并不危害人体的细节；在抓赚钱"大事"的同时，忽略了信誉形象、品牌培养、质量提升等"小事"；忽略了在"信任危机"中及时采取补"小破窗"

"小破窗"引出"大理论"

的"大招数"。

在半个多世纪之前的美国西雅图，也有一个类似上述事件的"破窗"。

1954年3月，在西雅图以北80千米的贝灵汉，很多人在汽车的挡风玻璃上发现了一些小小的麻点状腐蚀凹坑。警方说，这可能是大型铅弹造成的。

当年4月初到4月15日事件达到高潮期间，这种现象蔓延到西雅图及附近地区。开始，人们认为是有人故意破坏。但是，这类事件很快越来越多，居民们惶惶不安，流言四起——有人说可能是宇宙射线造成的，有人说可能是沙蚤下的卵，还有人说一定是氢弹试验爆炸产生的散落物造成的后果……

于是，专家介入、官方调查，甚至西雅图市长艾伦·波米洛伊报告到州政府，报告到在华盛顿的艾森豪威尔总统，原因还是没有找到。

那最后是什么结果呢？1954年4月17日，关于挡风玻璃蚀损斑的所有事件突然无声无息——这是一场集体错觉！后来，它成了教科书中关于集体错觉的一个实际例子——直到今天，社会学家和心理学家在给学生授课或者著书立论的时候，都会引用它。

破窗理论在企业管理中也有重要的意义。

在日本，有一种称作"红牌作战"的质量管理活动。这个活动的要旨是"十字方针"：清理、整顿、清扫、清洁和修养。

清理，是要清楚地区分要与不要的东西，找出需要改善的事物。

整顿，是指把不要的东西贴上"红牌"，或将需要改善的事物以"红牌"标示。

清扫，是指把被污染的设备、藏污纳垢的办公室死角、生产现场不该出现的东西贴上"红牌"。

清洁，是指减少"红牌"的数量。

修养，是指有人继续增加"红牌"，有人努力减少"红牌"。

"红牌作战"的目的，是让工作场所得以整齐清洁，塑造舒爽的工作环境，久而久之，大家遵守规则，认真工作。一开始，许多人认为这太简单——芝麻小事，没什么意义。但是，一个企业产品质量是否有保障的一个重要标志，就是生产现场是否整洁；同时，没有那些"破窗"就不会给员工造成无序的感觉——这也是增强凝聚力的一个重要方面。所以，"红牌作战"是破窗理论在企业管理中一个比较直观的体现。

　　更重要的是，企业中对待随时会发生的一些"小奸小恶"——特别是对于触犯企业核心价值观念的一些"小奸小恶"的态度，做"小题大做"的处理，是非常必要的。

　　破窗理论还有另一种解释：不论发生什么不幸的事，天下人都会得到好处——如果玻璃始终不破，那玻璃工就没饭吃。

　　这种解释的来源，是美国经济学家、作家亨利·斯图亚特·黑兹利特（1894—1993）在一本小册子中的比喻；但也有说来自于法国经济学家、作家弗雷德里克·巴斯夏（1801—1850）的著名文章《看得见的和看不见的》之中。

黑兹利特　　　　巴斯夏

"随大流"也要"想明白"

——"毛毛虫"为何"至死不渝"

一条接着一条的"毛毛虫"首尾相连成一个圆圈，井然有序地缓缓爬行着，目标是前方的美味佳肴——它们"爱不释口"的松针。

这是在 19 世纪法国的一幕。这出"戏剧"的"导演"，是法国昆虫学家法布尔（1823—1915）——他把毛毛虫们排成圆圈，并在离它们几厘米处放上排成圆圈状的松针。

毛毛虫们周而复始、不知疲倦地爬行着——因为求生的本能。七天以后，可怜的小家伙们终于精疲力竭，因饥饿死去。

这样，法布尔在他的实验报告上，就有了一句耐人寻味的话："它们中任何一条，只要稍稍与众不同，就会避免死亡而生存下去。"

法布尔

就是这没有"稍稍与众不同"，导致了毛毛虫们的悲剧。没有"稍稍与众不同"，就是我们这个故事要说的"毛毛虫效应"——人称"从众效应"或"从众现象"。

毛毛虫的从众效应，现在还可以找到实例。2006 年 4 月 1 日，在云南个旧市宝华公园内，人们目睹了一个由 188 条毛毛虫排成的"一字长蛇阵"，有条不紊地在地上徐徐移动。

一个笑话对从众效应进行了下面的"故事诠释"：有一个人站在街上向天上看，过了没多久，他身后就有一大群人，跟着他一起"仰观天象"——其实天上并没有什么奇迹成为"看点"。

　　从众效应是指在群体影响或压力下，个体放弃"自我"而和大多数人"步调一致"的行为，也就是所谓"随大流"或"人云亦云"。

　　从众效应还因为下面的故事被称为"羊群运动"。在一群羊的前方横一根棍子，第一只羊跳了过去。第二、第三只也都跟着跳了过去；当把这根棍子取走之后，后面的羊走到这个地方，仍然会像前面的羊一样向上跳一下——尽管拦路的棍子已不复存在。

　　有人观察过斑羚的从众效应。当斑羚群体被敌害逼到超过 6 米宽的山涧前面的时候，随着"头领"的一声吼叫，整群斑羚迅速分成数量大致相等的两群——"老年群"和"青年群"。

　　然后，从老年群里走出一只雄斑羚，它叫来青年群中的一只。这一老一少走到悬崖边，再后退几步。突然，年轻斑羚快速助跑，纵身朝山涧对面跳去，差不多同时，老斑羚也紧跟在后面蹿跃出去。由于年轻斑羚跳跃的幅度稍高于老斑羚跳跃的幅度，所以在年轻斑羚从最高点下落的瞬间，老斑羚的背正好出现在它的蹄下。这时，就像两艘宇宙飞船在空中对接，年轻斑羚的 4 只蹄子在老斑羚宽阔结实的背上猛蹬了一下——像踏在一块跳板上，在空中再度起跳，下坠的身体奇迹般地再度腾空，跨越剩下的最后 2 米路程，轻巧地落在对面的山上；而老斑羚就像燃料已尽的火箭残壳，笔直地坠落下去……

　　这次试跳成功之后，一对对斑羚凌空跃起，在山涧上空画出一道道令人眼花缭乱的弧线。当然，每一只年轻斑羚的成功飞渡，都有一只老斑羚摔得粉身碎骨。

　　从众效应使剩下的斑羚如法炮制——当然，悲剧有时要多一些。

　　没有拥挤和争夺，秩序井然——快速飞渡。在面临种群灭绝的关键时刻，斑羚竟然能想到牺牲一半挽救一半的办法，来赢得种群的生存机会。这凄美壮烈的一幕，表现了种群延续的强烈的求生欲望和个体牺牲的高尚的利他行为，交织成了自然界一曲生离死别、惊天动地的绝唱。

从众效应是群体社会非常普遍的现象——在学习、择业、消费、娱乐、恋爱等方面都有表现。例如，在新年到来的时候，别人要送贺卡，那我也要送。甚至在赌博、吸毒、贪污腐化等邪恶领域也屡见不鲜。例如，一个落网的贪官就这样说："别人都贪，我不贪白不贪。"所以，这个世界上有许多盲目的"追随者"，鲜有特立独行的人。而少数特立独行者，就可能会像爱因斯坦等那样创立相对论，像王永志那样反其道而行之，成为开拓进取，锐意创新的伟人——当然，要"冒风险"是不言而喻的。

1964年6月下旬，在一次发射导弹的试验中，发现了火箭的能量不够，达不到设定的目标。此时，大家都说用增加燃料的方法，来解决这个问题。但是，后来担任中国载人航天工程总设计师的王永志（1932— 2024）——当时年仅32岁的"毛头小伙"，却没有追随这些"大众"，提出了减少燃料的方法。1964年6月26日清晨，伴随一声震耳欲聋的巨响，导弹发射成功——按照"王永志方案"！

那么，"减少燃料飞得远"的"王永志方案"——类似"吃草少的马儿跑得远"，为什么反而会成功呢？原来，燃料的多少和火箭的总重量有一个辩证关系。适当减少燃料，火箭的总重量也小了，就能加大射程。

"从众"本身无所谓是积极的还是消极的，问题在于自己对具体事物有区分的把握——既不要一概"盲从"，去穿"皇帝的新衣"而贻笑大方；也不要一概去"脱离群体"而成为"孤家寡人"。

克服"从众心理"的"法宝"之一，是避免对偏离群体的恐惧。德国心理学家斯普兰格曾经说过："没有谁比青年在他们的孤独小屋里用更加充满憧憬的目光眺望窗外的世界了。

王永志

没有谁比青年在深沉的寂寞中更加渴望接触和理解外部的世界了。"青年人阅历不多，"别人都知道了，我却不知道"——思维上的从众定式，使个人有一种归属感和安全感。所以，随大流有助于消除孤单和恐惧等负性心理；然而，这正是克服从众心理的大敌之一。

克服"从众心理"的"法宝"之二，是练好"内功"（简单的科技或人文基础知识和判断力）。在日本 2011 年发生"3·11"9 级特大地震并引发海啸之后的 3 月 16 日，日本福岛核电站发生了核辐射泄露。于是，有不少中国人去抢购食盐和酱油，使食盐的价格上涨好几倍，有的地方还卖断了货。他们抢购的"依据"有四个："专家"说食盐中的碘可以防治核辐射，日本的核辐射已经或将要"登陆"中国内地，以后只能买到核辐射污染的海盐，食盐将要短缺。其实，稍有"内功"的人都对这种抢购置之一笑，不为所动。果不其然，3 天以后抢购风潮烟消云散，当时"花大价钱"买来的大量食盐被滑稽地退了货。

让我们记住德国诗人兼哲学家歌德（1749—1832）的箴言："我们的忠言是：每个人都应该坚持走他为自己开辟的道路……不受现时的观点所牵制，也不被时尚所迷惑。"这就是说，在"人皆笑颜望天竺"的时候，不必"我亦焚香拜弥陀"。

揭开"菲里埃自杀"之谜

——影响心理的"颜色效应"

　　"男要俏，一身皂；女要俏，一身孝。"这是中国的民谚——黑色之魅力由此可见一斑。于是，美国休斯敦市赖斯大学的科学家们在 2008 年初制造出了世界上最黑的材料，已申报新的吉尼斯世界纪录。这种材料几乎达到了人类"理想的纯黑"：零光线折射率，反射率仅 0.045%；吸收几乎 100% 的光线色彩。一般黑色颜料的光线反射率为 5% ~ 10%。伦敦著名的菲里埃大桥，也因桥身全是黑色而闻名于世。

　　不过，这座大桥也"臭名昭著"——经常有人从这里跳水自杀。对此，英国政府非常恼火，曾发动民众来寻找阻止人们来此自杀的办法。其中，皇家科学院的医学专家普里森博士认为，这种现象与桥身的黑色有关——不过，人们都不相信。

　　三年过去了，有效的办法还没有找到——大家不得不开始考虑普里森的建议。

　　万般无奈，英国政府只好把黑色的桥身换为蓝色。"奇迹"发生了——跳桥自杀的人数当年就减少了 56.4%。

　　想想也真奇怪，为什么桥身变了颜色，从这里跳水自杀的人就骤然减少了呢？颜色真的有如此神奇的功效吗？还是让科学为我们揭开这个谜吧！

英国和芬兰科学家的研究认为，色彩作用于人的感官，刺激人的神经，进而在情绪心理上产生影响。颜色之所以能影响人的精神状态和心绪，在于颜色源于大自然的先天色彩，如蓝天、黑夜、红血……人们看到这些与大自然一样的颜色，自然就会联想到与这些自然物相关的感觉体验，这是最原始的影响的原因——终于解开了黑色引发自杀的原因。

研究还发现，在红光的照射下，人们的脑电波和皮肤电活动都会发生改变——听觉感受性下降，握力增加。在红光下工作的人比一般工人反应快，可是工作效率反而低。有趣的是，同一物体在红光下看要比在蓝光下看显得大些。

2005 年，日本专家认为监狱黑白条纹的睡衣和黄绿色的制服缺乏亮色。如果换成薄荷绿和浅蓝色就能让犯人的精神面貌看起来更加积极。而且床单的橘红色和绿色条纹色彩冲突较大，会让犯人的情绪变得紧张，富有攻击性。如果换成棕色这样的暖色调会有助于睡眠，这种办法对犯人的心情将会起到良好的调节作用。与红色相反，绿色则可提高人的听觉感受性，有利于思考的集中，提高工作效率，消除疲劳，还会使人减慢呼吸，降低血压。但是，在精神病院里单调的颜色，特别是深绿色，容易引起精神病人的幻觉和妄想。

粉红色象征健康，具有放松和安抚情绪的效果。在粉红色的环境中小睡一会儿，能使人感到肌肉软弱无力，而在蓝色中停留几秒钟，即可恢复。因为粉红色光能影响人的生理机制——刺激通过眼睛—大脑皮层—下丘脑—松果腺和脑垂体—肾上腺，使肾上腺髓质分泌肾上腺素减少，心脏活动收缩变慢，肌肉松弛。

研究还发现，色彩对人的智力也有影响——特别是婴儿。在通常情况下，新生婴儿的智力发育状况与所处环境的色彩密切相关——在色彩丰富的环境中，婴儿的智力发育更好，反应也更灵敏。

美国哈佛大学的研究人员，曾将出生后的婴儿放在用白布铺盖的婴儿床上做实验。2个月后，婴儿开始用手触摸物体；3个月的时候，能够用手去触摸吊在头上方的物体。研究人员还选出15个刚刚出生的婴儿放在五颜六色的床上，床上放着各种颜色的动物画片，床的栏杆还用花纹图案装饰起来。实验发现，躺在五颜六色床上的婴儿只用1个半月的时间，就学会了用手去触摸吊在自己头部上方的东西——比那些躺在白布铺盖床上的婴儿快了1倍。

人们还发现，颜色还会产生很多心理效应和不同的情绪体验。操作工人在厂房里工作，如果把厂房内部涂成蓝色，15 ℃就会感到冷。但如果涂成橙红色，11 ℃都不会感到冷。装修的时候，室内若采用冷色调，墙有后退感，室内面积显大，效果可达4%。欧洲有一位赛场设计师把足球比赛的更衣室涂成蓝色，室外漆成红色，为足球比赛提供一个"兴奋"的背景。足球分析专家曾提供过统计数据，认为"两军相遇红者胜"——这种有一定道理的说法，就在于"颜色影响心理"。

颜色影响婴儿的智力发育

在一般情况下，不同地域、国度、性格的人，对很多颜色都会唱"同一首歌"。但不同的人对色彩的喜好却有"独奏曲"。例如，德国人凝重、理智，其国旗综合了黑红黄色；而法国人热情、活泼、浪漫，其国旗是红白蓝的组合。

不管是对某种颜色的共同喜爱或偏爱，还是对颜色的心理反应，在某种程度上说都是"颜色效应"的结果。丰富多彩的大千世界靠颜色装点，波澜壮阔的内心世界受颜色的影响……

吴宓和罗素的死亡观

——不必有的"回归心理"

吴宓

"我叫吴宓，字雨僧，陕西泾阳人，1894年8月20日生。我留学过英、法、美等四个国家，我会几国外语。我已预测出我将在1977年7月1日这天死去，从今天起我在世上还能活600天！"

吴宓（1894—1978）教授曾任西南师范学院（后来的西南师范大学，今已与西南农业大学合并为西南大学）中文系主任。1975年"文化大革命"期间的一天，当他的"邻居"——西南农学院的一位"待分配学生"慕名去拜访他的时候，他这么预测。

吴宓的预测，后来怎样了？每次有朋友去"西师"看他，他的第一句话都是"我还能活××天"——用的"倒计时"。结果，他比预计多活了半年，一些人说，是由于打倒了"四人帮"，他的心情愉快所致。

在"文化大革命"期间，虽然吴宓被学生打断了一条腿，但是一个健在的人会对自己的死期进行预测，这在许多人看来是不可思议的"不吉利"。

本来，生老病死是人生的必然规律，但一些人却特别忌讳"病"字和"死"字。其实，这是一种迷信——决不会因为说了"病"和"死"，就提前"呜呼哀哉"；没有说，就长命百岁！

可吴宓却不是相信迷信的人。当时，他已经是耄耋老人，走过了人生的大半个世纪，就应该坦然"回家"。

"已经懂得了什么是人生的快乐和痛苦……再担心死亡的来临，真是有点可怜，"深谙个中三昧的英国数学家和哲学家罗素（1872—1970）说，"克服这种恐惧心理的最好方法是……逐渐使你的利益变得广泛，使之超出自我的范围，直到束缚自我的墙壁一点点消失，这样你就感到与宇宙共存了。"

但是，有些老年人却没有这种对待死亡的坦然，而是在临死之前要"回光返照"一把。表现之一是，喜欢在别人面前谈论"同学少年"的"风华正茂"——炫耀自己的"光辉历史"，抖擞"当年的勇敢"，求得心理上的满足。这在心理学上称作"回归心理"现象，也叫"心理回归"。

回归心理是一种不良的心理——常使老年人陷入一种孤芳自赏的消极心态。如果老人终日"忆往昔峥嵘岁月稠"，势必会增加寂寞感和孤独感，进而产生"风烛残年"的忧郁情绪。这种消极心理会增加大脑的负担，容易引起心理疲劳和老化，还会导致生理老化——例如大脑功能或神经系统的机能紊乱，出现焦虑忧郁和自卑情绪，使人丧失对晚年生活的信心与勇气，容易让各种疾病乘虚而入。统计资料表明，与正常老人相比，有回归心理的老人的死亡率，患癌症和心血管疾病的风险，都高出 3 ~ 4 倍。罗素就把"过于迷恋过去，生活中充满无益的回忆"，作为老年人要提防的危险之一。

要克服回归心理，老年人一方面要"向前看"，从朝气蓬勃的青年人身上吸取活力——而不是依附于他们；另一方面要对简单事物保持像童年时那样的浓厚兴趣——包括并不"轰轰烈烈"的人际交往，不对眼前的"悲""喜"过于激动。只有这样，才能"春蚕到死丝方尽"般地颐养天年，走完充实的人

罗素

生之旅。在前一方面，罗素就是这样忠告老年人的。在后一方面，被吉尼斯世界纪录确认为世界上最长寿（122 岁 164 天）的人——法国寿星珍妮·路易丝·卡尔门（1875. 2.21—1997.8.4）女士有相同的见解："我对任何事情都有兴趣，却不为任何事情所激动。"只有这样"平平淡淡总是真"，才能"红尘做伴，活得潇潇洒洒"。此外，还应该像一位西方心理学家所说的那样："不要管年纪，老不老，看心境。"美国在 2008 年公布的一项调查报告显示，如果克服了这种心理，就会让幸福感随人群的年龄同步增长。这项调查从 1972 年持续到 2004 年，每年都会向 1 500 ~ 3 000 人发出问卷调查。

其实，许多中青年也有这种回归心理。

例如，"人过三十万事休"，是许多中青年人的口头禅。这表面看来是不求"更上一层楼"的心境，实际是另一种回归心理——他们回忆自己当年的"高峰"，觉得再也不能超越它而"急流勇退"了。其实，如果人生从 18 岁"成人"算起，到"而立"之时，仅仅过了人生的 1/6 左右——随着生活质量的提高，活到八九十岁，已经不算"古稀"了。中青年人啊，你必须慎重、精心地设计好剩下的人生啊！

又例如，一些来自全国各地的省、地、县的"高考状元"，到了北京大学、清华大学等全国顶尖名校以后，就发觉自己已经不能再独占鳌头了，也不是在家乡那样人人追捧的"天之骄子"了。于是，他们总是摆脱不了回忆当初的"峥嵘岁月"，要么孤芳自赏、目中无人，要么自暴自弃、抑郁寡欢。结果，当然是"赢得仓皇北顾"。其实，这些好汉们应该不要去提什么"当年勇"，应该"轰轰烈烈，把握青春年华"——进一步充实自己，迎头赶上，和时代愉快同行。

卡尔门：1996，121 岁生日

借得慧眼看星座

——亦真亦幻"巴纳姆"

"在这个世界上，唯有两样东西深深地震撼着我们的心灵，一是我们头上的星空，一是我们内心的道德。"200多年以前，人类最伟大的哲学家之一——德国康德（1724—1804）这样说。

十二星座卡通图之一

是啊，从茹毛饮血的古代到喧嚣繁华的今天，从"蓝眼睛"到"黄皮肤"，无一不被"头上的星空"震撼着，被它的神秘吸引着。

遗憾的是，在洒脱的现代人面前，一些人却无法在星星面前洒脱——"星座成灾"。

不是吗？言谈中、网站上、报纸期刊内、书摊里，"占星奇缘""十二星座解说""北斗星易学""星座专栏""星座与命运""星座与个性"等——内容"丰富多彩"。

甚至，手机也有星座手机，优盘有星座优盘，铅笔有星座铅笔，就连小纸扇、餐巾纸也印上了星座分析……

一些"新新人类"结交新朋友，首先问星座，用星座物品作为生日礼物相互赠送，有人还因为星座不合与恋人分手，有的老板招聘员工也要看星座……

最典型的是美国《福布斯》在2006年4月的一份"星座与

富豪"的调查：在 613 个"超十亿美元富翁"中，有 70 人是处女座——例如在 2008 年有 620 亿美元的"全球首富"、美国著名投资家伯克希尔·哈撒韦公司总裁沃伦·巴菲特（1930— ）。星象学家说，这"不足为奇"，原因是属于处女座的人善于分析，逻辑思维和观察力强，做事总是力求完美……

总之，星座这一"流行元素"，正点点滴滴地渗透到生活的各个方面，影响、改变着一些人……

神秘的星座，以及日益兴盛的"追星"现象，让一些人惊讶，也让一些人迷惑。

在变幻莫测的未知面前，人们往往会感到某种不安乃至惶惑，这时的"星座与命运"等就成了他们的心理依靠。看来，真有必要借得一双"慧眼"来看星座了！

人们为何迷恋星座？它究竟是怎样一种"学说"？在"信"和"疑"之间，我们该如何选择？这种缘自西方的非主流的亚文化现象，传递出了怎样的信息，又给我们带来了怎样的影响？

从古希腊开始的千百年来，人类就一直在问自己许多困惑迷惘的问题："我是谁""我从哪里来""我要到哪里去"。因此，人们无法抗拒对"预知未来"的诱惑，也就无法消除对"知己知彼"的心理需求。这是人类的一个古老而原始的欲望。

星象学家说，你是否当富豪取决于你属于什么星座

那么，星座与我们的欲望，又是怎么"结伴同行"的呢？

在远古时代，要一一辨认美丽众多的星星并不容易。所以，在公元前 4 世纪，苏美尔人就把位置比较靠近的星星划分成群，在每一群星中用想象中的线条把较亮的星联结起来，形成各种图案，称之为"星座"。他们还把黄道附近的星座确定为 12 个——今天人们常说的"黄道十二星座"。这里说的黄道，是地球绕太阳公转的轨道平面和天球相交的大圆。唐代古书《步天歌》中，则有中国很早就把天空分为"三垣二十八宿"的记载。1928 年，国际天文学联合会（IAU）确定了目前世界通用的星座体系——整个天空划分为 88 个星座。

"决定命运"的"星座"

从划分星座起步，人们开始观察天体的各种数据，发展到今天，成为探索宇宙奥秘的一门科学。另一方面，在人类对星座的了解还很模糊的时期，就会觉得它们很神秘，以为隐藏着什么天机。例如，有些人相信星座和天象能决定大到国家盛衰、小到个人命运的世事。于是，一些人就"夜观天象"，来预测人间将会发生什么事情——这就是"占星术"。

在科学落后的古代，占星术和天文学的界限往往很模糊，犹如一对"双胞胎"。随着人类越来越深入地了解天体，天文学就和占星术彻底"分道扬镳"了——天文学走实践和理性的科学之路，而占星术则走上了神秘、玄虚的迷信之路。

有些占星术中也频繁出现天文术语，这既给人们增添了神秘感，又让"占星术士"们能自圆其说。然而，鼓吹占星术的人，绝对不是科学家。他们只是懂得些大众心理学的皮毛，知道怎样迎合大众的心理。虽然占星术已被排除在科学的大门之外，但我们不能回避的事实是——占星术的许多描述，的确印证了一些"事实"。正是一次次"挺准的嘛"的惊叹，将不少人从半信半疑推向了深信不疑——星座学说也由此在日益庞大的追"星"族身上获得了"新生"……

"星座说"之所以能"历千年而不衰"，就必然有独特的"生存

唐代制造的二十八宿铜镜

本领"。我们不禁要问，它究竟有何玄机奥妙？

有一个故事能回答这个问题。从 19 世纪末到 20 世纪，马戏业被电影业冲击得七零八落而纷纷倒闭。但是，巴纳姆和贝利马戏团（Barnum & Bailey Circus，1871—2017）却总能吸引观众。美国著名的杂技师、政治家、出版商、慈善家——该马戏团的创始人菲尼亚斯·泰勒·巴纳姆（1810—1891）团长，说出了其中的"诀窍"："我们尽可能演符合大众口味的节目，包含了每个人都喜欢的成分。"所以，它使"每一分钟都有人上当受骗"（There's a sucker born every minute）。

1948 年，美国心理学家伯特伦·福勒（1914—2000）用对一个 39 岁的心理学学生的实验，以及人格心理学作家罗斯·斯塔格纳（Ross Stagner）在此前的 1947 年对一些人事经理进行的人格测试，证明了巴纳姆的"诀窍"。1956 年，美国临床心理学家保罗·埃弗雷特·米尔（1920—2003）在明尼苏达通过给一群人做完"多相人格检查表"（MMPI）之后，拿出两份结果让参加者判断哪一份是自己的。事实上，一份是参加者自己的结果，另一份是多数人的回答平均起来的结果。参加者竟然认为后者"标准至极"。这样，他就根据福勒与自己的实验结果，命名为福勒效应（forer effect），即"巴纳姆效应"（barnum effect）。

人们常常认为那种笼统的、一般性的人格描述，能十分准确地揭示自己的特点。在心理学上，这种倾向就称为巴纳姆效应。只要是普通大众都喜欢的说法，一般都能受到欢迎。比如，"你不大愿意受人控制""你希望别人尊重你"……一般人都乐于接受。

确实，没人愿意受控制，也没人不希望别人尊重自己。所有的人都很容易相信一个笼统的、一般性地反映了自己人格的描述——即使这种描述十分抽象、空洞。占星术首先就抓住了这个心理特点，来获得人们的认同，然后再售其奸。

巴纳姆

所以，占星术除了说一些具有共通性的、模棱两可的话，还会加上一些积极的、正面的话，来安抚人们的心理。星座分析绝对不会说"有血光之灾""流年不利"这类话。相反，会说"面临许多压力，所幸已有办法面对和适应""会承受许多责任，但机遇并不算差"这类话。给人一点鼓励、一点安慰，这是占星术的另一个"诀窍"所在。

退一步说，即使星象的描述与事实明显相悖，占星师仍能自圆其说，不由得你不信。他总能"事后诸葛亮"地找出一堆条件来修补早先不灵的预言——这是占星术的另一个"诀窍"。

18世纪法国启蒙运动的主要人物伏尔泰（1694—1778）曾经说过："迷信是傻子遇到骗子的结果。"迷恋星座不也是如此吗？

巴纳姆效应在生活中十分普遍——相信算命是又一个例子。很多人都认为算命先生说得"很准"。其实，那些求助算命的人本身就有易受暗示的特点。当人的情绪处于低落、失意状态的时候，就会失去对生活的控制感，安全感也受到影响。一个缺乏安全感的人，心理的依赖性也大大增强，受暗示性就比平时更强了。加上算命先生善于揣摩人的内心感受，用稍微能够理解求助者感受的话，就能让求助者立刻感到精神安慰。算命先生接下来再说一段一般的、无关痛痒的话，就会使求助者深信不疑。

伏尔泰

不少人迷恋星座或相信算命等迷信活动的现实表明，伏尔泰的箴言被置之脑后。也许，这不容乐观的形势，要像北斗七星长期耐心自

213

行上万年才有明显的形状变化那样，在历经漫长的岁月之后才会逐渐改变——这也许悲观了一些。

但是，知道了巴纳姆效应，相信星座对你不会再有神秘感。就算在"雾里看花，水中望月"的景象中，你都会有一双慧眼，把那些纷纷扰扰看个明明白白、真真切切……

当然，现实却不容乐观——许多机遇因迷信"星座"而失去，许多良缘也因此"错过"。2007年，在重庆渝北区龙溪街道龙支路，就有一个迷信"星座"的白领女士。在算命先生说"星座不匹配"之后，该女士看原来相处得很好的男友哪儿都"不顺眼"，结果只好"拜拜"。一年以后，该女士和一个声称和她"星座匹配"的另一个男士交往，结果发现他是骗子，也只有分手。"要不是相信星座，我们当时不可能在一起。"该女士事后这样说。

对于迷信星座的朋友，我们有爱因斯坦在1943年写给尤金·西蒙（Eugene Simon）的一封信中的话和您分享："我完全同意你关于占星术是伪科学的看法。有趣的是，这种迷信非常顽固，居然可以流传数百年之久。"

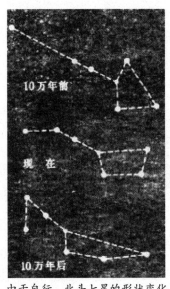

由于自行，北斗七星的形状变化

森林火缘于"圣安娜"

——大气中的"焚风效应"

"着火了！着火了！"2003年1月8日，美国南加州的居民还在梦里。突然，一阵急切的呼唤打破了黑夜的寂静——多处森林火灾爆发了。

那么，谁是这次森林火灾的"罪魁祸首"呢？原来，是焚风"圣安娜"——它横扫森林和房屋，吹倒电线杆造成停电，并且直接导致两人死亡，引发了这几处森林火灾。

什么是焚风呢？焚风是"火一样的风"——山区特有的天气现象。它的形成如下。

在示意图中，山岭的右侧是高气压区，左侧是低气压区，高气压区的空气会被高压驱使向低压区移动。空气在移动途中遇山受阻，被迫上升，气压降低，空气膨胀，温度也就随之降低——每上升100米，气温下降0.6 ℃。当空气上升到一定高度的时候，水汽遇冷凝结，就会形成雨或雪落下。这样，当空气到达山脊附近后，就变得稀薄干燥，然后翻过山脊，顺坡下降。在下降过程中，空气又重新变得紧密，并出现增温现象——每下降100米，气温就会升高1 ℃。

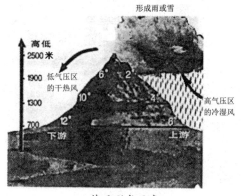

焚风形成示意

当空气沿着高大的山岭降到山麓的时候，气温经常会大幅度升高。所以，这座山的背风面（左侧）空气的温度，总是比迎风面（右侧）的高——即使高度相同。于是出现了一种有趣的现象：背风山坡刮着炎热干燥的焚风的时候，迎风山坡却常常下着雨或雪。当空气从海拔4 000～5 000米的高山顶下降到地面的时候，温度就会升高20℃以上，会使凉爽的天气顿时变得炎热。这就是产生焚风的原因。

　　焚风在世界很多山区都能见到，但以欧洲的阿尔卑斯山、亚洲的阿尔泰山、美洲的落基山、俄罗斯的高加索山最为有名。在中国，焚风地区也到处可见，但不如上述地区明显。如天山南北、秦岭脚下、川南丘陵、金沙江河谷，大小兴安岭、太行山下、皖南山区，都能见到它的踪迹。例如，在2009年9月12日下午，四川宜宾筠连县遭遇的罕见焚风：16时气温为26℃，1小时后就猛升到36℃，又1小时后却猛跌到23℃。当地人打趣地说，这是坐了一回"冷热过山车"。

　　焚风引起过无数次森林火灾。如19世纪阿尔卑斯山北坡几场著名的大火灾，都发生在焚风盛行时期。

　　除此，焚风还可能引起其他严重的自然灾害：造成农作物和林木干枯，毁灭财产和威胁人畜安全。例如，2002年11月14日夜间，速度高达160千米/时的焚风风暴开始袭击奥地利西部和南部，使数百栋民房屋顶被刮跑或被刮倒的大树压垮，300公顷森林的大树被连根拔起或折断，一些地区电力供应和电话通信中断，公路、铁路、水上交通受阻。又如，焚风在高山地区还可大量融雪，有时能引起雪崩，造成上游河谷洪水泛滥。

落基山一角

　　此外，早在1886年，就

有学者报道了焚风对人体健康有一定的影响。当焚风侵袭的时候，空气中会产生大量的正电离子，直接影响人体的细胞活动，干扰神经元之间的正常传递而波及人的情绪和行为。又因为焚风出现的时候天气燥热，一些人会出现疲倦、抑郁、头痛、脾气暴躁、心悸和浮肿等不适症状，老年心脏病患者也容易发作。

当然，焚风有时也能给人们带来益处。美洲的落基山冬季积雪深厚，春天焚风一吹，不要多久，积雪会全部融化。不用等到第二年春天，大地长满茂盛的青草，牛羊就可以在户外放牧了。因此，当地人还给焚风改了一个有生命的绰号——"吃雪者"。如果焚风来得及时，还可为当地庄稼的成熟提供热源。例如，在瑞士罗纳河谷上游的玉米和葡萄，就是靠焚风的热量而成熟的，而焚风影响不到的邻近地区，这类作物就难以成熟。

当初忽略后来买单
——"温室效应"警示人类

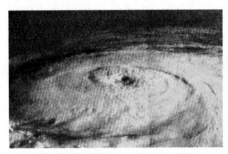

沙尘暴卷起的巨大漩涡

1934 年 5 月 11 日，一条"咖啡色巨龙"——让人谈之色变的沙尘暴，横行于广袤无垠的美国中部大草原上。这个近两千米厚的立体"方阵龙"所到之处，飞沙走石，遮天蔽日，任何飞禽走兽都难逃它的"魔爪"。这次沙尘暴，扬起了 3 亿吨肥沃尘土，相当于当年开掘巴拿马运河的出土量。由它造成的土壤流失，等于搬走了 3 000 个占地 600 多亩的农场。造成这次沙尘暴的重要原因，就是异常高温引起的干旱。

1987 年，一块体积相当于两个美国罗得岛的巨冰从南极冰原中"分娩"出来，溅入大洋。

1994 年夏天，热浪滚滚遍四海。世界许多地方的气温最高温超过 40 ℃，不少地方达到了其历史上的最高气温。亚、美、欧、非的广大人民生活在"水深火热"之中。在炎炎烈日之下，空调成了"救世主"，人们疯狂地抢购着……

2003 年 9 月，随着一阵巨大的轰鸣声，3 000 岁高龄的"北极冰架老大"——沃德·亨特冰架（位于加拿大努纳武特区埃尔斯米尔岛北海岸附近）的主要部分，已经裂为两大部分。

2005 和 2006 年，多次飓风袭击全球，人、畜、财产损失无数。

在 2006 年之前的 31 年里，南极的海里的磷虾群数量减少了 20% 以上。一个由海洋学家组成的国际小组说，原因之一是冬季海洋冰块大量消失。因为幼年磷虾的食物——藻类，就是依靠这些冰块来维持的。磷虾和小的虾状生物——西南大西洋食物链的基础被破坏以后，许多物种都灭绝或者种群数量锐减了。

这些表面上看似不相关的事件，其实主要都是由"温室效应"（Greenhouse effect）引起的。

当二氧化碳等的浓度急剧增加的时候，就会增强大气对太阳光中红外线辐射的吸收，阻止地球表面的热量向外散发，使地球表面的平均气温上升，这就是温室效应。温室效应是"大气保温效应"的俗称，又称"花房效应"。

引起温室效应的"犯罪"，是"温室气体"——又叫"集热气体"。

由于二氧化碳这类气体的作用，和温室玻璃异曲同工——只允许太阳光进而阻止其反射，进而实现保温、升温作用，因此被称为温室气体。除了二氧化碳，臭氧、甲烷、一氧化氮、氟氯碳化物（氟利昂是其中一种）、全氟化碳、六氟化硫等也是温室气体。不同的温室气体的吸热能力不同，引起的温室效应也就不同。例如，每分子甲烷的吸热量是每分子二氧化碳的 20 ～ 25 倍，一氧化氮是二氧化碳的 270 倍。不过，它们和某些人造温室气体相比就"小巫见大巫"了——目前所知吸热能力最强的是氟氯甲烷和全氟化碳。

虽然二氧化碳和甲烷的吸热能力并不是温室气体中的"佼佼者"，但却分别是引起温室效应的"首犯"和"主犯"。原因是它们的量比别的温室气体更大。二氧化碳的吸热能力虽然远不如甲烷，但在大气中的量却大得多，所以二氧化碳"荣登""首犯宝座"，甲烷则"屈居""主犯"。据专家估计，二氧化碳和甲烷对温室效应的

玻璃温室能射进阳光，但热量不容易散发出去

影响之比略大于 2 ：1。

下面的数据，不但说明"二氧化碳在大气中的量比甲烷大得多"的事实，还说明"二氧化碳和甲烷在大气中的量都在逐年递增"的事实。在 20 世纪末之前的两个多世纪里，大气中二氧化碳的体积分数已从 280×10^{-6} 增加到 350×10^{-6} 以上；甲烷的体积分数则从 0.8×10^{-6} 上升到 1.7×10^{-6}。美国斯克里普斯海洋研究所的凯林，则从国际地球观测年——1958 年开始连续精密观测，发现大气中二氧化碳的体积分数在当年为 315×10^{-6}，到 30 年之后的 1988 年就增加到 351×10^{-6}。

那么，大气中二氧化碳的浓度为什么会增加呢？

大气中二氧化碳浓度的增加，首先是因为人类大量燃烧石油、煤炭和天然气等化石燃料，以及大量焚烧垃圾、农作物的植株（例如麦秸、稻草）。其次是因为疯狂砍伐森林——主要是热带森林。此外，海洋吸收二氧化碳的能力也在逐年下降：2008 年发布的一项由欧盟资助长达 5 年的研究报告表明，2008 年北大西洋吸收二氧化碳的量，仅为 1995 年的一半。这份报告还说，这种能力下降产生的影响，会持续 1 500 年。至于能力下降的原因则没有定论——有人认为是海洋中的二氧化碳含量已趋近饱和；另有人认为是气候的周期变化改变了海洋表面的水循环，从而影响其吸收二氧化碳。

甲烷（沼气的主要成分）是引起温室效应的气体中，仅次于"首犯"二氧化碳的"主犯"。水田耕作面积的扩大和畜产业的扩大，是甲烷增加的主要原因。另外，畜舍粪便和铺草碎屑等废弃物以堆肥等形式埋入地下的时候，通过厌氧性发酵也产生甲烷。垃圾中许多腐烂的杂物，也会产生甲烷，所以美国废品处理

工厂烟囱大量排放二氧化碳等气体

专家马丁·梅迪纳在《世界清道夫》一书中说，占全球城市人口1%左右的大约1 500万拾荒者，是"环保战役的生力军"。2008年，地球系统研究室的埃德·德卢戈肯茨基说，大气中的甲烷含量去年增加了2 450万吨，而在此前的10年里，几乎没有增加。

温室效应除了使气候变暖，还带来许多恶果——海平面上升就是其中之一。"如果地球温度再上升4 ℃，世界上所有的冰山都会融化，"世界自然基金会的专家在2003年11月27日说，"许多岛屿将被淹没，淡水将更加匮乏。"其实，被淹没的不仅仅是岛屿——许多低海拔的土地、城市等也将成为大海中的"鱼鳖"。例如，有专家预测，到2050年，气温将比2005年升高6 ℃；到2050年，意大利著名的威尼斯的"水城风光"将消失殆尽，而到2100年将不能居住。在2007年2月2日，联合国政府间气候变化问题研究小组（IPCC）在巴黎预测，2100年全球气温将升高1.1 ~ 6.4 ℃，海平面将升高18 ~ 79厘米，还严厉警告"全球气候变暖将持续数世纪"。

恶果之二是物种灭绝。2007年4月6日，IPCC在布鲁塞尔通过的"致决策者报告梗概"指出，如果不控制温室气体排放来抑制气候变暖，到2080年，就有最多达60%的物种灭绝！其中包括海平面温度上升引起珊瑚、海龟、鲸、海豹等，以及海胆、牡蛎等软体动物因感染病毒的大量死亡。

温室效应是大自然对多少蔑视可持续发展观的人类的一种"报复"。早在1896年，瑞典物理化学家阿仑尼乌斯（1859—1927）就指出，"集热气体"（特别是二氧化碳）在大气中累积，会引起全球气候变暖。20世纪初，美国地质学家和教育家钱柏林也提出了类似的观点。但是，没有多少人重视这些警告。

温室效应给人类带来了巨大的灾难，因此，世界各国都在苦寻控制温室效应和冷却地球的良方，做出了种种大胆设想或试验——有的似乎让人匪夷所思。

由于地球气候变暖的因素有两个——温室气体在大气层中捕捉太

阳辐射使地球升温，到达地球表面的太阳辐射加热了地球，所以方法也就分为两类：第一类，减少温室气体；第二类，减少到达地球表面的太阳辐射量。此外，用低温物体也可以吸收地面或大气中的热量，给地球"冲凉"，所以共有三类方法。

第一类有两种方法。

方法一，目前全世界都在热议的"节能减排"——减少产生二氧化碳等温室气体的燃料的燃烧（也包括焚烧垃圾、减少腐败物的缓慢氧化等），提倡"低碳"生活。这也是目前作用最大、能实际使用的有效方法。

方法二，向海里或地下投铁来消除二氧化碳；设法用某些物质来消除甲烷等其他温室气体。

第二类有三种方法。

方法一，在地日之间放置滤光镜。美国物理学家洛厄尔·伍德的"离奇计划"是：在地日之间的万有引力平衡处（所谓"拉格朗日点"）安装一面直径为2000千米的半透明镜子，阻挡一部分太阳辐射。

方法二，设置太空"遮阳伞"。在地球热带上空，制造一个像"土星环"一样的人造太空粒子环，或者安置一些装有反射伞装置的小型太空船，把阳光反射回太空中。

方法三，我们重点要说的采用"地球工程技术"。它是受火山爆发后大范围气温降低启发得到的。例如，1991年6月9日下

泰勒

午，20世纪所有火山爆发中规模和威力最大的一次——海拔1 436米的菲律宾皮纳图博火山爆发，最高约35千米的火山灰波及数百万平方千米，使地球气温持续两三年降低0.4～0.5 ℃。通过人工手段重现或模拟这种效果的措施各种各样。措施之一是，向高层大气中注入少量极细的硫粉末，来挡开射来阳光的1%～2%——这几乎微不足道，但却足

以抵消 21 世纪地球变暖可能带来的影响。美籍匈牙利物理学家爱德华·泰勒（1908—2003）就曾设想向空中抛洒铝粉或硫粉，使天空变灰暗来挡住部分太阳辐射。不要认为提出如此令人瞠目结舌主张的人是异想天开——他是"氢弹之父"，一直被公认为美国最优秀的科学家之一。措施之二是，用一个舰队向空中喷洒海水，增加海上低云层的厚度，也就增加了云层的反射率。措施之三是，把楼顶刷成白色来反射部分阳光。

非常认真地对待、采用"地球工程技术"的主要科学家和环境经济学家越来越多。例如美国国家科学院、美国航天局和能源部的许多科学家——美国国家科学院就认为它"迅速、有效、可行、经济、简单、实用"。不过，至今还没有将它付诸实施或进行试验，原因是一些人有两个担忧。第一个担忧是，可能出现不测后果：硫粉末可能导致平流层臭氧损耗——尽管皮纳图博火山提供的证据表明这种影响不大；诸如亚洲季风之类的区域气候现象可能被扰乱。第二个担忧是，可能会被本来就消极"节能减排"的人们当成一种借口，永无止境地继续毫无节制地排放温室气体。而另一些人则认为这种担心非常不合时宜："地球工程技术"会与向"零排放经济"过渡的长期计划相辅相成，不会代替后者。

第三类有两种方法。

方法一，用凉水降温。大面积降温比较环保而且经济的方法是用流动的凉水。例如，荷兰研究人员建议给建筑装上水墙，墙内不断流动着从地下抽上来的凉水。水墙外侧的抽气风扇自外界抽入空气也经过水墙，干燥高温的空气经过水墙后成为低温高湿的空气。又如，在 21 世纪初，日本科学家建议在东京投巨资在城市地下铺设专用管道，以循环流动的冷水来给城市降温。日本政府已经采纳了这个建议，相关机构还提出一个耗资 400 亿日元的地下管道冷却计划——从冰冷的海底引水来给城市降温。

方法二，把屋顶变绿。例如，美国城市环境部发言人杰西卡·里奥就说，在芝加哥的炎热天气里，种植绿色植物的屋顶可使城市住宅的温度降低 6 ℃。

总之，为了给地球降温，科学家们绞尽了脑汁。读者朋友，你有更好的设想吗？

其实，我们在发展的同时，只要注意保护环境，开发新能源，设法减少燃料的使用量，广泛植树造林，禁止乱砍滥伐，有效控制人口……就能减缓温室效应的加剧。这就是当今流行的时髦名词：低碳生活。

当然，温室效应也不全是祸。例如，能保持气温相对稳定和使植物更加繁茂——所以有人称它为"善意的温室警钟"。

到目前为止，温室效应还有一些疑难问题在探索，是一种没有被完全证实的假说——虽然已经得到了多数人的承认，而且某些问题已经得到解决。

例如，有些学者认为温室效应具有不确定性。

又如，另一些学者认为，越来越多的散布在大气中的灰尘可以反射太阳光，使温度降低，与温室效应两相抵消，就不存在地球变暖问题了。

要解决的问题，包括"二氧化碳失汇之谜"——最近 20 多年来，人类活动释放的一部分二氧化碳的去向不明。在 2001 年，美国两个原来意见相左的研究小组达成了一致意见：北半球中高纬度的陆地生态系统是一个巨大的"碳汇"——它固定了这些失踪的二氧化碳。

城市被"烟囱森林"排放的气体包围

与其他假说一样，温室效应要得到完全无疑的证实和一致公认，还有一段长路要走。

也叫"花房效应"的温室效应，是由法国数学家、物理学家傅立叶（1768—1830）在 1824 年发表的论文《地球和行星空间的温度概论》中首先提出来的。

此"繁华"不如彼"清净"
——困扰城市的"热岛"

　　生活在乡下的人们每次进城总有一种不合时宜的感觉——满街美女穿着轻便靓丽的春装看着自己的棉大衣，或者飘洒轻逸的夏裙"嘲笑"着自己厚厚的毛衣。每每这个时候，有人就想，城里真好——天气都要暖和一些。

　　生活在都市的你，一定有这样的体验，从炎热的闹市中突然到了绿树成荫的郊外，就"迎面吹来凉爽的风"，顿时沁人心脾，暑意尽消。

　　这真是："城外的人想走进来，城里的人想走出去。"

　　当你再从这清凉世界返回城区，又是热浪扑面涌来，如重归火海。这就是近年来频繁听到的那个词——"城市热岛效应"（urban heat island effect），简称"热岛效应"。

　　什么是热岛效应呢，"城市热岛"（简称热岛）一词又从何而来呢？

　　热岛效应是指城市中的气温明显高于外围郊区的现象。在近地面的"热岛效应示意图"上，郊区气温比较低；而城区则是一个明显的高温区——像突出海面的

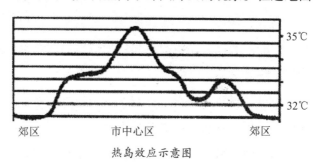

热岛效应示意图

岛屿。由于这种岛屿代表高温的城市区域，所以就被形象地称为热岛——热空气堆。

热岛效应使城市年平均气温比郊区高出 1 ℃以上。夏季，城市局部地区的气温有时甚至比郊区高 6 ℃以上。例如，深圳市的平均气温在近 10 年来提高了 2 ℃，相当于把整个城市南移了 300 千米。据测定，几万到十几万人口的小城市、几十万人口的中等城市和数百万人口的大城市，城区和郊区的平均气温分别相差 2～3 ℃、3～5 ℃和 5 ℃以上。例如，重庆市主城区 3 个分别在 10 平方千米以上的"热岛"的气温，都比郊区高出 5 ℃以上。

热岛效应有加剧的趋势。在 1988—2006 年的 18 年间，重庆市主城区的热岛面积增加了 14 倍多——从 10.81 平方千米到 164.14 平方千米。

热岛效应是城市特殊环境的固有产物。

首先，城市大多是水泥、砖、砂、石块等材料建筑成的，这些材料吸热能力比土壤要强得多，而热容量又很小，在阳光的直射下很快升温。这时，林林总总的建筑物等，就像一个个加热器，把城市里的空气烘得热乎乎的。

其次，城市里的工厂、汽车很多，人群密集，人们的生产、生活及生命活动不断向空气散发热量，使得城市像一个大火炉。加之城市的地面储水能力很差，每逢下雨，雨水都顺着地面流入下水道排走了，地面基本上没有可供蒸发用的水，热量不能通过蒸发而消耗掉，只能积蓄起来，使得城市更加闷热。

再次，城市大气严重污染——上空灰尘烟粒、二氧化碳等含量很高。它们不断反射城市街道和房顶散射出的热量，形成"热盖"，又加强了热岛效应。

此外，城市密集高大的建筑物阻碍气流通行，使城市风速减小，这也是出现"热岛"的重要原因。

由于热岛效应，城市与郊区形成了一个昼夜相反的热力环流。

热岛效应让我们感到城市暖和的同时，给我们带来更多的是——危害。

绿化能减轻热岛效应

首先，在热岛效应的影响下，城市上空的云、雾会增加，使有害气体、烟尘在市区上空累积，形成严重的大气污染。人类有许多疾病就是热岛效应引发的。例如，在通常湿度下，当环境温度高于 28 ℃时，人会感觉不舒适；温度再高就易导致烦躁、中暑、精神紊乱；气温高于 34 ℃，心脏、脑血管和呼吸系统疾病的发病率就会上升，死亡率明显增加。此外，高温还可加快光化学反应，从而提高大气中有害气体的浓度，进一步危害人体健康。

其次，热岛效应使城市各地温度不同，因而呈现出一个个闭合的高温中心。在这些高温区内，空气密度小，气压低，容易产生气旋式上升气流，使得周围各种废气和化学有害气体不断向高温区扩散。在这些有害物作用下，高温区的居民极易患上消化系统或神经系统疾病，此外，支气管炎、肺气肿、哮喘、鼻窦炎、咽炎等呼吸道疾病患者人数也会增多。

最后，热岛效应较大地影响了城市人居环境和基础设施。热岛效应使城市极端天气事件增多——如雷电、暴雨的频率和强度增加，使局部地区发生水灾及道路破坏、交通阻塞、电力中断等。热岛效应还容易引出"雾岛""雨岛""干岛"和"混浊岛"等多种效应，最终引发城市气象灾害。近些年来，气象灾害——如强降雨、雷电、大雾、干旱等，已经成为威胁城市安全的重点防范对象。一场暴雨就会使市内交通瘫痪数小时，一次大雾会使高速公路关闭、飞机航班取消，大雾甚至还会使输电线路发生"污染"而引起大面积停电。

总之，严重的热岛效应不但会影响人们正常的生活和工作，还会制约人们生活质量的进一步提高和城市的进一步发展。因此，大家都在积极寻找为热岛降温的措施，并取得了明显的效果。例如，东京就采取了下面让世人关注的措施。

首先，大力进行城市绿化。日本国土交通省、环境省以及东京市政府等都制定了相关法律法规，大力推进房顶、墙壁的绿化，通过增加绿化减轻热岛效应。

其次，在城市规划方面，政府规定必须要留足城市的"通风道"，建筑物要做隔热和遮光处理，墙面尽量采用浅色涂料以降低吸热等。

再次，采用新材料降低路面温度。例如，日本人研制出一种可以降低沥青路面温度的新型建筑材料。它有很强的反射阳光的能力，只要将其直接喷涂到路面上，就可使道路的热量被大量反射出去。在炎热的夏季，一般沥青路面的温度可达60 ℃，而用它铺设的路面，温度要比普通路面低至少15 ℃。此外，东京市区的一些道路还采用了保水性、透水性铺路材料——使夏天路面温度比其他道路降低10 ℃。

第四，安装地下海水冷却设备。例如，东京品川车站附近一些新建大型建筑群的广场，已经这样做了。实验表明，广场上的温度要比普通广场低5 ~ 10 ℃。

最后，用地下管道带走热气。日本"减轻城市热岛现象研究会"建议，用循环海水带走各建筑物排放出来的热气。具体做法是，在市中心地区建一条直径2米、长6千米的地下专用管道，管道周边地区建筑物内的热气全部排入这条管道，再把东京湾深海的冷水灌入这条管道，然后排回东京湾内——利用海水的不断循环将热气带入海水中。

所以，我们有理由相信，在全人类的共同努力下，热岛效应引起的"城乡差别"，一定能得到抑制。让我们共同祝愿，城市的"明天会更好"！

种植爬山虎进行垂直绿化